Arne Rüter

# König Arthur als Romanfigur

*Heerführer, Fürst, König*
*– beleuchtet am Beispiel dreier amerikanischer Romane*

Arne Rüter

# KÖNIG ARTHUR ALS ROMANFIGUR

*Heerführer, Fürst, König*
*– beleuchtet am Beispiel dreier amerikanischer Romane*

*ibidem*-Verlag
Stuttgart

Die Deutsche Bibliothek - CIP-Einheitsaufnahme:

Ein Titeldatensatz für diese Publikation ist bei
Der Deutschen Bibliothek erhältlich

∞

Gedruckt auf alterungsbeständigem, säurefreien Papier
Printed on acid-free paper

ISBN: 3-89821-056-1
© *ibidem*-Verlag
Stuttgart 2000
Alle Rechte vorbehalten



Printed in Germany

*„I will weep no more for the lost, asleep in their water graves. The voices of the departed speak: Tell our story, they say. It is worthy to be told. And so I take my pen and write...“*

(STEPHEN LAWHEAD: *Taliesin*)

---

*"I feel cold as I cry out for the bark*
*Take him back to Avalon*
*Dwell on for a new age, so long sleep well my friend*
*Take him back to Avalon*
*I will wait and guard the future king's crown"*

(BLIND GUARDIAN: *A Past and Future Secret*)

# Inhaltsverzeichnis

# 0. <u>Einleitung</u>

## 0.1. Gegenstand der Arbeit

Die Legende von König Arthur und seinen Rittern der Tafelrunde dürfte auf die eine oder andere Weise den meisten Menschen unserer Zeit ein Begriff sein. Natürlich gibt es, wie es bei vielen Legenden der Fall ist, nicht „die eine" Version der Geschehnisse um Arthur. Dennoch hat der arthurische Stoff im Laufe der Zeit einen ganz bestimmten Rahmen angenommen, der gewissermaßen als „standardmäßig" gilt: Es gibt ein Schwert im Stein, eine Tafelrunde, die Ritter suchen den Heiligen Gral, und man begegnet Charakteren wie Merlin, Lanzelot, Parzival oder Morgan le Fay.

Wie dieser wohlbekannte Rahmen entstand und was es mit Begriffen wie „Legende" oder „Stoff" eigentlich auf sich hat, wird noch genauer erläutert werden. An dieser Stelle gilt zunächst einmal klarzustellen, inwieweit die arthurische Legende bzw. der arthurische Stoff den Gegenstand dieser und der anschließenden Ausführungen darstellt, oder vielmehr, was der Gegenstand dieser Arbeit mit Arthur zu tun hat.

Speziell in der Neuzeit wurde die arthurische Legende in der Literatur in zunehmendem Maße nicht mehr einfach nur wiedergegeben, wie es im Mittelalter der Fall gewesen war (vgl. Kap. 2). Der Stoff wurde in neue Bahnen gelenkt: Teils wandelte sich die Szenerie, teils die Handlung, teils auch die Charaktere. Häufig wurden einzelne Motive oder Charaktere in völlig andere Szenerien und Handlungen, die weder mit Zeit noch Ort der eigentlichen Arthur-Legende etwas zu tun haben, übernommen, da sie dem Autor auf irgend eine Weise dabei behilflich sein konnten, die Thematik seines Romans, gewissermaßen seine „Botschaft", zu übermitteln. Beispiele für derartige Verwendungen des arthurischen Stoffes werden, neben den drei den Hauptuntersuchungen zugrundeliegenden Romanen, auch in Kap. 2 gegeben.

An dieser Stelle setzt dann die Frage an, der die folgenden Untersuchungen nachzugehen gedenken. Wenn sich ein neuzeitlicher Schriftsteller eines Legendenstoffes aus mittelalterlicher Zeit bedient, weil er sich davon ganz offensichtlich eine gewisse Wirkung auf die Leser seines Romans verspricht, welcher Art auch immer, so ist es von einem gewissen Interesse, zu ergründen, welche Absicht denn nun *genau* dahinsteckt, d.h., was die arthurischen Elemente im vorliegenden Roman denn tatsächlich zur Übermittlung der enthaltenen Botschaft beitragen. Diese Frage gestaltet sich um so interessanter, wenn der Autor des vorliegenden Romans Amerikaner ist bzw. war, denn in dem Fall kommt zu der zeitlichen Distanz zum mittelalterlichen Stoff auch noch die räumliche, da die Vereinigten Staaten von Amerika nicht auf ein „eigenes" Mittelalter zurückblicken können und sich zwangsläufig aus dem bedienen müssen, was die „alte Welt" Europa anzubieten hat.

Die Untersuchungen in dieser Arbeit werden sich mit drei ausgewählten Romanen aus der amerikanischen Literatur befassen, die allesamt als „arthurisch" bezeichnet werden können (nach der Definition des Arthurischen, die in Kap. 1 erarbeitet wird), nämlich *A Connecticut Yankee at King Arthur's Court* von Mark Twain (1889), *Tortilla Flat* von John Steinbeck (1935) und *The Natural* von Bernard Malamud (1952). Diese Romane entstammen, wie die Jahreszahlen zeigen, drei unterschiedlichen literarischen Epochen, und auch ihre Intentionen sind, wie die Untersuchungen zeigen werden, ziemlich unterschiedlich. Auf diese Weise ist ein breites Spektrum gegeben, so daß auch anhand von nur drei Beispielen die verschiedenartigen Möglichkeiten präsentiert werden können, den aus Europa, genauer gesagt aus dem präangelsächsischen England, stammenden Arthur-Stoff in der amerikanischen Literatur für neuzeitliche Interessen einzusetzen.

Die Untersuchungen werden jeden der drei Romane dahingehend analysieren, *was* an ihm eigentlich „arthurisch" ist, wie dieses Arthurische eingesetzt wird und was dadurch erreicht wird. Auf dieser Grundlage ist es dann möglich, einen Versuch zu wagen, die Frage nach dem „warum" hinter der Verwendung des arthurischen Stoffes zu beantworten, also aus dem Zusammenspiel zwischen dem arthurischen Charakter des Romans und seiner Botschaft an den Leser Rückschlüsse darauf zu ziehen, was den Autor zur Auswahl der Legende von König Arthur bewogen haben mag.

Folgende Primärwerke liegen den Untersuchungen zugrunde:

- Mark Twain: *A Connecticut Yankee at King Arthur's Court.*
  Harmondsworth: Penguin (1971)
- John Steinbeck: *Tortilla Flat.* Stuttgart: Reclam (1996)
- Bernard Malamud: *The Natural.*
  New York: Farrer, Straus & Giroux (1971)

## 0.2. Vorgehensweise

0.2.1. Theorie

Die Kapitel 1 und 2 dieser Arbeit sind theoretischer Natur; sie stellen gewissermaßen das Handwerkszeug zur Verfügung, mit dem in der daran anschließenden Untersuchung gearbeitet wird. Kapitel 1 befaßt sich mit den erforderlichen literaturwissenschaftlichen Grundlagen, Kapitel 2 mit historischen bzw. literaturhistorischen.

Der Begriff der „Legende" wurde bereits in den Raum gestellt, und er gehört ganz offensichtlich zu den zentralen Begriffen dieser Arbeit, so daß eine kurze Auseinandersetzung damit, was man sich unter einer „Legende" eigentlich vorzustellen hat, äußerst sinnvoll ist. Dasselbe gilt für den Begriff des „Mythos", der bislang noch nicht angeklungen ist, dessen Bedeutung aber noch deutlich werden wird. Der erste Abschnitt in Kapitel 1 wird sich zur Eröffnung des Theorieteils mit genau diesen beiden Begriffen befassen.

Ein weiterer sehr zentraler Begriff in dieser Arbeit ist der des „Stoffes". Dieser wird im literaturwissenschaftlichen Kapitel zum Gegenstand des zweiten Abschnittes, worin es darum geht, zu umreißen, was den arthurischen „Stoff" eigentlich ausmacht.

Dazu gehört zunächst eine theoretische Auseinandersetzung damit, was „Stoff" eigentlich ist, gestützt auf gängige Modelle. Darin kommen auch weitere literaturwissenschaftliche Phänomene wie Motive und Topoi als „Bausteine des Stoffes" zur Sprache. Die Betrachtung des Begriffes „Stoff" wird den zweiten Abschnitt in Kapitel 1 ausmachen und mit einer inhaltlichen Auseinandersetzung mit dem „arthurischen Stoff" im Speziellen enden. Damit verbunden ist eine klare, für diese Arbeit geeignete Definition dessen, was man unter „arthurisch" eigentlich zu verstehen hat.

In einem dritten Abschnitt des ersten Kapitels wird ferner auf das Konzept der *Intertextualität* eingegangen, da die Herangehensweise an den Gegenstand dieser Arbeit auf den ersten Blick nach einem Anwendungsgebiet für dieses relativ neue literaturwissenschaftliche Phänomen aussieht. Neben einer grundlegenden Erläuterung desselben wird kritisch hinterfragt werden, ob es auf die Untersuchungen im Anschluß anwendbar ist und inwieweit, und was es zur Durchführung der Untersuchungen konkret überhaupt beitragen könnte.

Den literaturwissenschaftlichen Grundlagen wird in Kapitel 2 ein Überblick folgen, in dem dargestellt wird, wie die Legende von König Arthur entstanden ist (was zu einem Großteil aus der englischen Geschichte herzuleiten ist), und wie sich der Stoff in der Literatur entwickelt hat, wobei eine Erwähnung diverser keltischer, französischer, deutscher und englischer Autoren vonnöten ist. Für die Neuzeit wird der Überblick eher exemplarisch erfolgen und sich auf anglo-amerikanische Literatur beschränken.

Diese Grundlagen machen es möglich, das Auftreten arthurischer Elemente in den zu untersuchenden Romanen begründet zu benennen und ihre Wichtigkeit einzustufen, ferner sie literaturwissenschaftlich zu deuten, um so ihrer Funktion im Text auf die Spur zu kommen.

## 0.2.2. Untersuchung

Insgesamt vier Kapitel machen die Untersuchung der im ersten Abschnitt erwähnten drei Romane aus. Die Kapitel 3 bis 5 befassen sich mit jeweils einem der Romane, und Kapitel 6 schließlich nimmt als Ergebnis- und Schlußfolgerungsteil die Auswertung der angestellten Beobachtungen vor. Die Romane werden in chronologischer Reihenfolge behandelt; dadurch wird Twains *Connecticut Yankee* zum Gegenstand in Kapitel 3, Steinbecks *Tortilla Flat* in Kapitel 4 und Malamuds *Natural* in Kapitel 5.

Für die Auseinandersetzung mit den Romanen ist es unerläßlich, sich auch mit dem jeweiligen Autor vertraut zu machen, insbesondere mit seiner „Philosophie", von der angenommen werden kann, daß sie sich in seinen Werken widerspiegelt. Zu diesem Zweck beginnt jedes Untersuchungskapitel mit einer Präsentation des jeweiligen Verfassers, bevor das Werk selbst in Augenschein genommen wird. Damit wird die Darlegung der Intention bzw. „Botschaft" hinter dem vorliegenden Werk schlüssiger. Dieser wird allerdings noch jeweils ein Aufzeigen der arthurischen Elemente vorangehen, und beides wird dann für jeden der drei Romane im Auswertungskapitel miteinander verbunden. Dort werden die Schlußfolgerungen gezogen, im Hinblick auf die unter 0.1. formulierte Fragestellung dieser Arbeit.

# 1. <u>Literaturwissenschaftliche Grundlagen</u>

## 1.1. Zwei einführende Begriffe

### 1.1.1. Legende

**legend**: 1. an old story about great events and people in ancient times, which may not be true (...)
(*Longman Dictionary of English Language and Culture*, S. 753)


Diese Erläuterung des Begriffs „Legende" ist recht kurz und prägnant; das *Penguin Dictionary of Literary Terms* führt auf den Seiten 483f etwas eingehender aus, was sich dahinter verbirgt: Das Wort selbst entstammt dem Lateinischen des Mittelalters und bedeutet „zu lesendes" oder auch „Dinge, die gelesen werden sollen". Ursprünglich bezeichnete der Begriff die Schilderung des Lebens Heiliger, zum Zweck der Lektüre in der Kirche. H.P. ECKER zitiert in *Die Legende* (1993) *Meyers Enzyklopädisches Lexikon*, in welchem es heißt: „Die Bez. L. rührt von dem mittelalterl. kirchl. Brauch her, am Jahrestag eines Heiligen solche erbaul. Erzählungen in Kirchen und Klöstern vorzulesen" (ECKER 1993: 41f). Gleichzeitig führt ECKER auch aus, daß es im Gegensatz zu diesen religiösen Legenden sogenannte „profane Legenden" gibt, „auf die man (...) stößt, wenn man ins Kino geht, Zeitung liest oder Plakate betrachtet" (1993: 42). Zwischen der religiösen und der profanen Legende bewegt sich somit das, was, wie in Kap. 0 erläutert, Gegenstand der Untersuchungen dieser Arbeit sein soll, und was im *Penguin Dictionary* unter „subsidiary meanings of the term" aufgelistet wird: „a story or narrative which lies somewhere between myth and historical fact and which, as a rule, is about a particular figure or person" (S. 484). Unter den Beispielen für derartige Legenden wird neben Faust, Hamlet, Robin Hood und anderen eben auch „King Arthur" genannt (S. 484), mit dem sich die folgenden Ausführungen beschäftigen sollen.
Diese Bedeutung des Begriffs Legende, die somit eigentlich als Nebenbedeutung aufgefaßt werden muß, wird im deutschen Sprachgebrauch auch durch den Begriff „Sage" erfaßt. Ein Blick ins Wörterbuch zeigt, daß es diesen Unterschied im Engli-

schen nicht gibt; „legend" heißt sowohl „Legende" als auch „Sage" (*Bertelsmann Wörterbuch*, S. 172).

Im *Neuen Brockhaus* findet man zum Begriff „Sage" die Erläuterung: „Sammelbegriff für Volkserzählungen, die Auseinandersetzungen mit Geistern, Riesen, Drachen, außerordentliche Gestalten oder Ereignisse auch in phantasievoller Deutung, auffallende Naturphänomene schildern" (Bd. 4, S. 483), zum Begriff „Legende" hingegen: „unverbürgte Erzählung, bes. aus dem Leben der Heiligen (...). Die L. ist meist lehrhaft-erbaulich gehalten und volkstümlich-verklärend ausgesponnen (...). Um 1150 leitete die L. durch Einbeziehung weltlicher Elemente zur ritterl. Epoche über (...)" (Bd. 3, S. 352).

Man erkennt die strengere Differenzierung zwischen beiden Begriffen, und man wird später auch erkennen, daß die Geschichten um König Arthur die Kriterien beider Definitionen mehr oder weniger erfüllen.

Das Phänomen des Übergangs der Legende zur ritterlichen Dichtung oder Erzählung wird auch von A. COTTERELL in *Die Welt der Mythen und Legenden* (1990) erwähnt. In seinem Kapitel über keltische Mythologie kommt auch Arthur (bzw. Artus) zur Sprache, dessen Legende ihren Ursprung im Walisischen hat, und ferner heißt es: „Einige der in den irischen und walisischen Legendenzyklen beschriebenen Charaktere und Heldentaten fanden auch Eingang in die christliche Ritterdichtung" (1990: 27). Dieser nun schon zweifach angeklungene Übergang wird am Beispiel der arthurischen Legende im literarischen Überblick (Kapitel 2) noch etwas genauer beleuchtet werden.

## 1.1.2. Mythos

Speziell für die Auseinandersetzung mit Bernard Malamuds *The Natural* (Kap. 5) ist es angebracht, vorher zu umreißen, was es mit dem Begriff „Mythos" auf sich hat, denn dieser Begriff ist für die Untersuchung von Malamuds Roman von ziemlicher Wichtigkeit.

Das *Penguin Dictionary of Literary Terms* gibt auf S. 562 einen kurzen Überblick über die Entwicklung des Begriffs: Er stammt aus dem Griechischen (*muthos*) und bedeutete ursprünglich „anything uttered by word of mouth"; die Bedeutung wandelte sich im späteren Griechischen, wo *muthos* mit „fiction" gleichkam. Dies ist im heutigen Verständnis von „Mythos" noch weiter eingeschränkt: „Nowadays a myth tends to signify a fiction, but a fiction which conveys a psychological truth" (S. 562). Was man sich unter einem Mythos nun eigentlich, nach allen Abwandlungen im Laufe der Geschichte des Begriffes, vorzustellen hat, wird im *Penguin Dictionary* folgendermaßen zusammengefaßt: „In general a myth is a story which is not ‚true' and which involves (as a rule) supernatural beings – or at any rate supra-human beings. Myth is always concerned with creation. Myth explains how something came to exist" (S. 562).

W. RIGHTER zitiert (in *Myth and Literature*) zur Beantwortung der Frage „But what then is myth?" diverse Definitionsansätze, beispielsweise von Warren und Wellek („Myth is narrative, irrational (...) and comes to mean any anonymously composed story telling of origins and destinies, the explanation society offers its young of why the world is and why we do as we do (...)") oder Alan Watts („Myth is to be defined as a complex of stories – some no doubt fact, and some fantasy – which, for various reasons, human beings regard as demonstrations of the inner meaning of the universe of human life") (1975: 5).

Im Zuge dieser Definitionen erkennt man den Mythos als ein Phänomen, welches den Zweck hat, Anfänge und innerste Funktionsweisen zu erklären, oder zumindest eine Erklärung zu versuchen. Nach diesen Definitionen setzt der Mythos dort ein, wo die Wissenschaft noch keine Erklärung gefunden hat, oder wo es dem Menschenverstand schlichtweg an Erklärungsmöglichkeiten fehlt, und füllt diese Lücke mit nicht notwendigerweise Wahrem, aber gemeinhin als wahr angenommenem Inhalt.

An dieser Stelle ergänzt H. HEUERMANN die Definition des Begriffes „Mythos" um einen wesentlichen Faktor, der auf die Auseinandersetzung mit Motiven und Topoi später in diesem Kapitel vorausgreift: „(...) *Kollektivität* ist eine Grundvoraussetzung jedweder Mythenbildung. Der Mythos bedarf, um zum Mythos werden zu können, der kollektiven Resonanz. (...) Darin liegt seine glaubens- und überzeugungsstiftende Potenz" (1988: 16). Dieses Verständnis vom „Mythos" ähnelt stark dem Konzept des kollektiv Unbewußten nach JUNG, auf welches später, im Zusammenhang mit dem Begriff des „Topos", noch genauer eingegangen wird.

Die meisten Mythen sind antiker Herkunft. Doch zusätzlich gibt es auch moderne Mythen, die im Zusammenhang stehen mit Phänomenen neueren Ursprungs. Die Untersuchung des Romans *The Natural* von Bernard Malamud wird z.B. zeigen, daß auch dem Sport (am Beispiel von Baseball) mythische Aspekte abgewonnen werden. Ein weiterer moderner Mythos wird zu einem zentralen Thema in *The Natural* und wird von HEUERMANN betitelt mit „Von den Wundern des Erfolgs und den Wurzeln des Kapitalismus": „Von allen nationalen Mythen, die Eingang in die Literatur der USA gefunden haben, hat sich kein anderer so wirkungsvoll etabliert, kann (...) kein anderer als so genuin amerikanisch gelten wie der Erfolgsmythos" (1988: 253). HEUERMANN charakterisiert diesen modernen Mythos wie folgt: „Die psychische Tiefenwirkung des Erfolgsmythos ist, ebenso wie seine soziale Breitenwirkung, unbestreitbar. Die Hartnäckigkeit seines Fortbestehens und die Nachhaltigkeit seines Einflusses sind vielfach belegt. Für Millionen Amerikaner war der Erfolgsmythos jahrhundertelang und ist (zumindest teilweise) noch heute *réalité vécue*. (...) Mag er im Zuge wirtschaftspolitischer Inanspruchnahme häufig in *Ideologie* umschlagen oder im Licht soziologischer Analysen längst als Illusion entlarvt sein – in seiner charakteristischen Gleichsetzung von Arbeit und Erfolg, Reichtum und Glück und seiner daran ausgerichteten, formelhaft einfachen Bestimmung menschlichen Lebenssinns hat dieser Mythos nicht nur eine bemerkenswerte nationale Überlebensfähigkeit bewiesen, sondern durch weltweite Propagierung des *American way of life* internationale Resonanz gefunden" (1988: 253). HEUERMANN erwähnt weiterhin den Begriff *self-made man* (1988: 255) und das geflügelte Wort „vom (...) Tellerwäscher zum Millionär" (1988: 260), beides weithin bekannte Symbole für den amerikanischen Erfolgstraum.


## 1.2. „Stoff" und seine Zusammensetzung

### 1.2.1. Motive und Motivverknüpfung


Bevor die Auseinandersetzung darüber beginnt, was man sich im folgenden unter „arthurischem Stoff" vorzustellen hat, soll vorweg darauf eingegangen werden, was Stoff an sich eigentlich „ist", wie er sich literaturwissenschaftlich gesehen zusammensetzt. Dafür ist es erforderlich, sich mit dem Begriff des „Motivs" zu befassen. „Nach biologischen Erfahrungen überlebt eher ein Teil als ein Ganzes. Motive haben nicht nur eine außerordentliche Lebensdauer, sondern sind eigentlich alle schon von Beginn der Dichtungsgeschichte an da. (...) Sie stellen ein durchaus konkretes, inhaltliches, situationsbedingtes Element im Aufbau der Dichtung dar, das in sich einheitlich und abgeschlossen ist, aber die Fähigkeit hat, sich mit anderen, ähnlichen Elementen zu verbinden und mit ihnen zusammen schließlich einen Plot, einen ganzen Stoff, zu ergeben" (FRENZEL 1980: 36). Diesen Ausführungen von FRENZEL (in ihrem Buch *Vom Inhalt der Literatur*) ist bereits klar zu entnehmen, was ihr Konzept von „Stoff" ausmacht: Er ist aus Motiven zusammengesetzt, sie sind gewissermaßen die „Bausteine des Stoffes". Weiterhin wird eine zentrale Eigenschaft von

Motiven deutlich: Sie entstehen nicht aus der Literatur, sondern die Literatur aus ihnen; sie haben praktisch immer schon existiert, und alle literarischen Stoffe sind aus ihnen zusammengesetzt.

Wie eng der Begriff „Motiv" gefaßt werden sollte, führt FRENZEL an einem Beispiel aus: Der Begriff „Liebe" bezeichnet kein Motiv, da es zu viele Varianten zu diesem Begriff gibt. FRENZEL unterteilt „Liebe" in vier solche Varianten, die ihrerseits dann Motive darstellen: Es gibt die „Liebessituation zweier Menschen, die verfeindeten oder sozial ungleichen Familien entstammen", es gibt die „heimliche Liebe", den „Konflikt eines Mannes zwischen zwei Frauen" und die „Verfallenheit eines Mannes an eine dämonisch bestrickende Frau" (1980: 38ff). Im Anschluß gibt FRENZEL eine Reihe weiterer Beispiele für Motive: „verfeindete Brüder", „Vater-Sohn-Konflikt", „Vatersuche" (Situationsmotive), oder auch „Amazone", „Einsiedler", „weiser Narr" (Typenmotive) (1980: 41ff). Man erkennt, was man sich unter einem Motiv nun eigentlich vorzustellen hat: Es ist eine typische Situation oder ein typischer Charakter, wie es sie seit Ewigkeiten gegeben hat und auch immer geben wird. Man kennt solche Situationen und Charaktere, wenn nicht aus dem wirklichen Leben, aus zahllosen Romanen oder Filmen, eben weil sie, wie FRENZEL ausführt, die Bausteine sind, aus denen Stoffe hergestellt werden: „Stoffe erwachsen aus Motiven, die andere angezogen und mit sich verbunden haben" (1980: 51).

Ebenfalls mit dem Begriff des Motivs auseinandergesetzt haben sich H.S. und I.G. DAEMMRICH (*Themen und Motive in der Literatur*, 1995). Sie verfolgen dabei allerdings kein so deutlich nachvollziehbares Grundkonzept wie FRENZEL. DAEMMRICH greifen auf die Kunst und Musik zurück, wo „das Motiv die kleinste nachweisbare, charakteristische, melodische Einheit [bezeichnet]" (1995: XIV). Unter Bezugnahme auf Thompson (1946) nennen sie das Motiv „ein Textelement, das, aus dem konkreten Zusammenhang herausgelöst, in der Tradition weiterleben kann" (1995: XV).

Diese Charakterisierung entspricht im wesentlichen der von FRENZEL; auch hier kommt die Übergeordnetheit des Motivs über den „konkreten Zusammenhang" (also Stoff) zum Ausdruck.

Aus Thompsons Sammlung (1955) benennen DAEMMRICH einige Beispiele für Motive, darunter „Betrug", „Bewährungsprobe" und „Bestrafung" (1995: XV). Ansonsten ist der Beispielkorpus eher gering, dafür gehen DAEMMRICH etwas eingehender auf ihr eigenes Konzept von der Funktion von Motiven ein, worin sie diverse Grundfunktionen unterscheiden, z.B. als Schaltelemente, zur Erzeugung von Spannungsbögen oder zur thematischen Organisation (1995: XVIIIff).

Aufgrund der größeren Schlüssigkeit, vor allem im Zusammenhang mit dem Begriff „Stoff", der bei DAEMMRICH nur sehr am Rande anklingt, erscheint es als theoretische Grundlage sinnvoller, sich auf FRENZEL und ihr Konzept zu stützen, um zu erfassen, was „Stoff" ist und was Motive mit ihm zu tun haben. Nichtsdestotrotz bietet das an den Theorieteil in DAEMMRICHs Werk anschließende Glossar von Themen und Motiven eine nützliche Ergänzung zu FRENZELs Nachschlagewerk *Motive der Weltliteratur* (1976a).

Unter Zuhilfenahme dieser beiden Glossare läßt sich ein kleiner Beispielkorpus zusammenstellen an Motiven, die am Aufbau des allgemein bekannten Rahmens des arthurischen Stoffes beteiligt sind, indem sie sich als Bestandteile bzw. Bausteine dieses Stoffes identifizieren lassen. In FRENZELs Werk läßt sich beispielsweise Folgendes finden:

**Blutrache** (1976a: 64f): Gawain vs. Lanzelot nach der Tötung von Gawains Bruder Gaheris; Arthur vs. Mordred zur Rettung des Königreiches

**Herkunft, Die unbekannte** (1976a: 340ff): Arthur als Kind

**Inzest** (1976a: 399ff): Arthur und Morgause zeugen Mordred

**Liebesbeziehung, Die heimliche** (1976a: 451ff): Lanzelot und Guinevere

**Nebenbuhlerschaft** (1976a: 575ff): Lanzelot vs. Arthur

**Sonderling** (1976a: 643f): Parzival als „naiver Dümmling"

**Verräter** (1976a: 788ff): Lanzelot als Nebenbuhler; Mordred als Intrigant

**Weissagung, Vision, vorausdeutender Traum** (1976a: 802ff): Merlin und seine Prophezeiungen

Bereits hier erkennt man, wie z.B. die Beziehung zwischen Guinevere und Lanzelot und ihre Folgen eine Verstrickung diverser Motive darstellt: „Heimliche Liebe" und „Nebenbuhlerschaft" umreißen die Beziehung selbst, der „Verräter" dramatisiert die Angelegenheit, indem Lanzelot eine negative Wertung bekommt, und auch die „Blutrache" im Fall von Lanzelot und Gawain gehört zu den Folgen, den die heimliche Beziehung hat. Weiterhin ist die unabwendbare Vernichtung von Arthurs Herrschaft, die sich über lange Zeit aufbaut, ebenfalls eine Verknüpfung von Motiven, von denen aus obiger Liste die „Weissagung", der „Inzest" und erneut der „Verräter" (Mordred) entnommen werden können.

DAEMMRICHs Glossar ergänzt das sehr wichtige Motiv der „Suche" (1995: 338f), welches sich in der Gralsgeschichte niederschlägt. Ferner kann die aus Thompsons Sammlung herangezogene „Bewährungsprobe" auf den Schwert-im-Stein-Test angewandt werden, oder auch auf die Übergangsphase, in der Arthur sich als König beweisen und Zweifler überzeugen muß.

## 1.2.2. Topoi und Archetypen

Das Motiv läßt sich nach obigen Ausführungen als eine Art „Denkschema" bezeichnen: Es stellt eine Grundsituation oder einen Grundtypus dar, mit der oder mit dem man als Rezipient eines Stoffes gewisse typische Umstände verbindet. Mit dem Konzept des „Denkschemas" gelangt man zum Begriff des „Topos", welcher gewissermaßen einen Sammelbegriff darstellt für alle Arten von Denkschemata. B. Emrich (in

BAEUMER 1973: 210) bezeichnet Topoi als „Formkonstanten der literarischen Tradition", A. Obermayer (in BAEUMER 1973: 253) bezieht sich auf Curtius, der Topoi „feste Clichés oder Denk- und Ausdrucksschemata" bzw. „Klischees, die literarisch allgemein verwendbar sind" nennt. Ferner macht Obermayer den Topos explizit zum Oberbegriff für diverse Schemata, zu denen auch das Motiv zählt (neben anderen Schemata wie z.B. Symbol, Metapher, Allegorie), und nennt diese „sprachliche Ausdrucksformen eines Topos" (in BAEUMER 1973: 265), womit gerechtfertigt wäre, Motive als Beispiele für Topoi anzusehen.

Emrich betrachtet den Topos als eine Denkweise, die aus dem kollektiv Unbewußten kommt, und setzt ihn demnach gleich mit JUNGs Archetypus (in BAEUMER 1973: 213). JUNG selbst geht in *Von den Wurzeln des Bewußtseins* (1954) auf dieses „kollektiv Unbewußte" ein: „Eine gewissermaßen oberflächliche Schicht des Unbewußten ist zweifellos persönlich. Wir nennen sie das *persönliche Unbewußte*. Dieses ruht aber auf einer tieferen Schicht, welche nicht mehr persönlicher Erfahrung und Erwerbung entstammt, sondern angeboren ist. Diese tiefere Schicht ist das sogenannte *kollektive Unbewußte*" (1954: 4). In seiner Formulierung kommt JUNG dem sehr nahe, was vorweg schon zum Motiv (bei FRENZEL) und zum Topos (bei BAEUMER) gesagt wurde: „Ich habe den Ausdruck ‚kollektiv' gewählt, weil dieses Unbewußte nicht individueller, sondern *allgemeiner* Natur ist, d.h. es hat im Gegensatz zur persönlichen Psyche Inhalte und Verhaltensweisen, welche überall und in allen Individuen cum grano salis dieselben sind" (1954: 4); „Für unsere Zwecke ist diese Bezeichnung [Archetypus] treffend und hilfreich, denn sie besagt, daß es sich bei den kollektiv-unbewußten Inhalten um altertümliche oder – besser noch – um urtümliche Typen, d.h. seit alters vorhandene allgemeine Bilder handelt" (1954: 5).

Mit dieser Darstellung ist man wieder beim Konzept des festen Musters oder Schemas angelangt, welches vom Motiv und Topos her bekannt ist. An dieser Stelle muß noch einmal beachtet werden, daß man das Motiv dem Topos unterzuordnen hat, Topos und Archetypus hingegen eher als gleichwertig zu verstehen sind (nach Emrich in BAEUMER 1973). Ein Topos ist ein allgemeines archetypisches Schema, welches zur kollektiven Denkweise aller Menschen gehört, wohingegen das Motiv ein konkretes Beispiel für ein solches Schema darstellt: Es ist ein topisches oder auch archetypisches Grundmuster einer Handlung oder eines Charakters als Baustein des Stoffes.

Mit dem Ansatz des kollektiv Unbewußten nach JUNG lassen sich andere Elemente im arthurischen Stoff identifizieren, die topisch-archetypisch sind, aber nicht zu FRENZELs Motivbegriff gezählt werden können. Mit diesen kommt man eher zum Begriff des Symbols (nach Obermayer in BAEUMER 1973 ebenfalls ein topisches Phänomen). Im Rahmen des Arthur-Stoffes wird man beispielsweise mit „König", „Ritter" oder „Magier" konfrontiert, Begriffe, mit denen man archetypische Eigenschaften verbindet. So steht ein König generell für Macht, Reichtum und Prunk, ein Ritter für Mut, Eleganz und Ehre und ein Magier für Weisheit und übernatürliche Fähigkeiten. Allen dreien wird aufgrund ihrer Eigenschaften Ehrfurcht und Respekt entgegengebracht. Durch dieses kollektive Verständnis von König, Ritter und Magier bekommen Arthur, seine Ritter und Merlin ihre Rollen zugewiesen, in denen sie präsentiert werden sollten. Alles nicht-Archetypische wäre eine Verletzung des kollektiv Unbewußten und würde den Eindruck erwecken, daß mit der Wiedergabe des Arthur-Stoffes etwas nicht stimmt.

Im Nachhinein erkennt man nach dieser Auseinandersetzung auch den „Mythos" als ein topisches Phänomen, da auch er auf dem Bewußtsein der Allgemeinheit beruht, wie in diesem Kapitel bereits entwickelt wurde.

## 1.2.3. Der arthurische Stoff

**Arthurian legend**: stories about Arthur, who became king of England when he pulled out the sword in the stone (Excalibur) which noone except the king could do. His court at Camelot was famous for bravery, chivalry, romantic love, and magic which was practised esp. by the magician Merlin, and the sorceress Morgan le Fay. Here, at

a round table, sat the bravest and most noble knights in the land (the knights of the round table), Sir Galahad, Sir Lancelot, Sir Bedivere, and others. England and Arthur's power began to fail when he discovered the love between his wife, Guinevere, and his best friend, Lancelot. Then began the long search for the Holy Grail (= the wine cup at Christ's last meal) which was finally found and brought back by Galahad. Arthur's strength returned and he went into battle to save England from Mordred whom he killed, but Arthur himself was very seriously wounded. He gave Excalibur to Bedivere and ordered him to throw it into a lake. The hand of the Lady of the Lake came out of the water, caught the sword, and took it under, then three women arrived on a boat and took Arthur to his final resting place at Avalon. It is said that Arthur will return if England is ever in danger again.
(*Longman Dictionary of English Language and Culture*, S. 55)


Die Bezeichnung „arthurischer Stoff" ist nun bereits des öfteren gefallen, und die vorangegangene Ausführung ist eine knappe und doch aufschlußreiche Zusammenfassung dessen, was als „arthurischer Stoff" bezeichnet werden kann. Sie gibt einen guten Überblick darüber, was man sich inhaltlich unter diesem Stoff vorzustellen hat. Mehr ins Detail geht E. FRENZEL in ihrem Nachschlagewerk *Stoffe der Weltliteratur* (1976b), und in ihren Ausführungen wird deutlicher, was der „Stoff" von Arthur (bzw. Artus) eigentlich ist, vor allem unter literaturwissenschaftlichen Gesichtspunkten (1976b: 62ff). Sie beschreibt die Geschichte und Entwicklung des Stoffes, welche in dieser Arbeit im nächsten Kapitel gesondert und auch ausführlicher als bei FRENZEL behandelt werden soll. Die verschiedenen Aspekte und Eigenarten der Stoffentwicklung werden dabei noch deutlich werden.

An dieser Stelle soll nun zum Abschluß der Auseinandersetzung mit dem Begriff „Stoff" auf eine gewisse Problematik eingegangen werden, die in FRENZELs Ausführungen angedeutet wird, und vor der man steht, wenn man den arthurischen Stoff exakt definieren will. Im Rahmen ihrer Beschreibungen zum Schlagwort *Artus* stößt man auf Verweise auf den *Lanzelot*-Stoff, den *Merlin*-Stoff, den *Parzival*-Stoff und den *Tristan*-Stoff. Dies ist ein Indiz dafür, daß Arthur bzw. Artus nicht notwendigerweise immer die Kernfigur arthurischer Erzählungen zu sein hat, sondern daß das

Hauptaugenmerk durchaus auch auf anderen Figuren liegen kann. Einzelheiten zu dieser Tendenz, auch im Zusammenhang mit dem Tristan-Stoff, der ursprünglich eine eigene Legende darstellte und erst spät zu einem Bestandteil des Arthur-Stoffes wurde, werden ebenfalls im nächsten Kapitel zur Sprache kommen.

Wie gesagt wurde, haben diverse arthurische Charaktere also ihren eigenen Stoff, der nicht notwendigerweise mit Arthur zu tun haben muß. So erwähnt FRENZEL *Lanzelots* Beinamen *Le Chevalier de la Charrette* („Der Karrenritter", vgl. 2.2.2.) (1976b: 433), der von einer abenteuerlichen Rettungsaktion nach der Entführung der Königin Guinevere herrührt; um *Merlin* ranken sich Erzählungen über sein Leben und Schaffen vor Arthurs Zeit, z.B. in Verbindung mit König Vortigern (1976b: 491ff); *Parzival* ist untrennbar verbunden mit der Suche nach dem Gral und bekommt durch seine Herkunft aus der Abgeschiedenheit der Wälder eine gewisse Symbolik als naiver Dümmling (1976b: 592ff); *Tristan* schließlich hat durch seine Romanze mit Isolde und dem daraus resultierenden Konflikt mit König Mark genug „eigenen Stoff" (1976b: 754ff).

Angesichts dieser „Unterstoffe", die nur eine Auswahl darstellen (Kapitel 2 wird zeigen, daß z.B. auch *Gawain* seinen eigenen Stoff hatte), stellt sich die Frage, ob sie noch mit Recht als arthurische Stoffe bezeichnet werden können, wenn Arthur selbst kein Bestandteil von ihnen ist. Beantwortet man die Frage mit „nein", so müssen Untersuchungen, wie sie in Kapitel 3ff dieser Arbeit angestellt werden, mit großer Vorsicht erfolgen, denn man muß in dem Fall darauf achten, daß man sich nur mit dem rein arthurischen Stoff auseinandersetzt. Eine Gralsgeschichte wie in Malamuds *Natural* könnte dann nicht Gegenstand einer Untersuchung zu „König Arthur in der amerikanischen Literatur" sein, da Arthur in der klassischen Gralsgeschichte keine Hauptrolle spielt und bei Malamud gar nicht auftritt.

Es erscheint daher zweckmäßig, den Arthur-Stoff so geeignet zu definieren, daß eine derartige Problematik nicht auftritt. Deshalb sollte sinnvollerweise alles als „arthurisch" bezeichnet werden, was sowohl mit Arthur selbst als auch mit Personen zu tun hat, mit denen er sich umgibt, auch wenn er in deren Abenteuern möglicherweise selbst nicht auftritt. Deren Stoff wird nach dieser Definition dadurch arthurisch, daß die Kernfiguren zu Arthurs engerem Umfeld gehören. In den Rahmen dieser Betrachtungsweise fällt definitiv die Gralssuche, so daß zumindest die Untersuchungen in dieser Arbeit vollends gerechtfertigt sind, auch wenn sich in Malamuds Roman keine Arthur-Figur finden läßt.

Weiterhin muß an dieser Stelle eine zweite Vereinbarung darüber getroffen werden, was als „arthurischer Stoff" gelten soll, um die Untersuchungen in dieser Arbeit zu rechtfertigen: In den Romanen von Steinbeck und Malamud treten auf den ersten Blick keine wirklich arthurischen Figuren auf. Die Protagonisten übernehmen, wie die Ausführungen in den jeweiligen Kapiteln der Untersuchung zeigen werden, vielmehr die Rollen arthurischer Figuren in anderen, nicht-arthurischen „Welten". Faßt man die Definition des arthurischen Stoffes derart streng, daß wirklich nur Arthur und seine Gefolgsleute selbst dort in Erscheinung treten dürfen (wie dies bei Twain ja der Fall ist), so wäre erneut die Betrachtung der Romane von Steinbeck und Malamud als „arthurisch" nicht erlaubt. Läßt man hingegen zu, daß die auftretenden Figuren lediglich arthurische Rollen in nicht-arthurischen Umgebungen spielen müssen, um den arthurischen Stoff zu repräsentieren, so ist die Untersuchung der vorliegenden Romane wiederum vollends legitim.

Zusammenfassend kommt man demnach zu folgenden zwei sinnvollen Vereinbarungen über die Definition des arthurischen Stoffes:

1. Es liegt auch dann arthurischer Stoff vor, wenn Arthur selbst nicht in der Handlung in Erscheinung tritt; es genügt, wenn unter den Protagonisten Figuren sind, die mit Arthur zu tun haben.

2. Es liegt auch dann arthurischer Stoff vor, wenn nicht die arthurischen Figuren selbst in Erscheinung treten, sondern lediglich solche, die deren Rollen in nicht-arthurischen Umgebungen übernehmen.

Auf der Grundlage dieser Vereinbarungen werden die vorliegenden Romane in den Untersuchungskapiteln als „arthurisch" identifiziert werden.

## 1.3. Intertextualität

### 1.3.1. Konzept

Die Fragestellung dieser Arbeit erscheint auf den ersten Blick als ein Anwendungsgebiet für die noch relativ junge Erscheinung „Intertextualität". Zur genaueren Beur-
teilung ist an dieser Stelle eine kurze Auseinandersetzung mit diesem Phänomen angebracht.

BROICH & PFISTER schreiben über Texte, daß sie sich „seit der Antike (...) nicht
nur in einer *imitatio vitae* auf Wirklichkeit, sondern in einer *imitatio veterum* auch
aufeinander bezogen [haben]" (1985: 1). Termini für dieses Phänomen gab es schon
früher (z.B. Bachtins „Dialogizität"), der Begriff „Intertextualität" wurde allerdings
erst in den sechziger Jahren unseres Jahrhunderts von Julia Kristeva geprägt (1985:
1).

Texte beziehen sich also nicht nur auf die Welt, die sie darstellen, sondern genauso
auf andere Texte. „ ,Intertextualität' ist die spezifische Eigenschaft eines Textes, der
auf einen oder mehrere andere frühere Texte bezogen ist, wobei die früheren (,Prä-
texte') zusammen den Intertext des späteren (,Posttext') bilden" (STOCKER 1998:
15). Bezogen auf die Fragestellung dieser Arbeit heißt das: Wenn Twain, Steinbeck
und Malamud den arthurischen Stoff für ihre diesen Untersuchungen zugrundeliegenden Romane herangezogen haben, so ist dies zwangsläufig auf der Grundlage frü-
herer arthurischer Texte geschehen (z.B. Malory im Fall von Steinbeck, vgl. Kap. 2
und 4).

STOCKER stellt unter Bezugnahme auf Genette die *Inter*textualität (wofür er das
„Zitat" als Beispiel gibt) der *Para*textualität (z.B. „Motto"), *Meta*textualität (z.B.
„Buchrezension"), *Hyper*textualität (z.B. „Parodie") und *Archi*textualität (z.B. „Gat-
tungszusammenhänge") gegenüber (1998: 49), was bedeutet, daß (nach Genettes
Konzept) Buchrezensionen oder Parodien nicht als Repräsentanten der Intertextualität
aufzufassen sind. Es kommt vielmehr darauf an, daß Passagen direkt und (bewußt
oder unbewußt) unverändert aus dem Prä- in den Posttext übernommen werden (daß
also z.B. Steinbeck wörtlich aus *Morte Darthur* zitiert und sich nicht nur an ihn an-

lehnt). STOCKER ändert das Konzept allerdings leicht ab, indem er die Meta- und Hypertextualität als Unterformen der Intertextualität zuläßt (1998: 50).

STOCKER teilt also auch die Intertextualität selbst wieder in Unterformen ein: Neben der *Meta-* und *Hyper*textualität gibt es die *Palin-*, *Simil-*, *Thema-* und *Demo*textualität (1998: 50). Unter *Palin*textualität fallen Zitate und Anspielungen (1998: 51); *Simil*textualität ist der *Hyper*textualität ähnlich, mit dem Unterschied, daß nicht der Prätext selbst, sondern Stil oder Muster des Prätextes imitiert wird (1998: 60ff). Auch *Thema-* und *Demo*textualität sind sich ähnlich: Der thematextuelle Bezug entsteht durch die Thematisierung von Stilen oder Mustern im Prätext, der demotextuelle durch demonstrative Anwendung derselben (1998: 65ff).

Zur Verdeutlichung der Funktionen der sechs Unterformen der Intertextualität stellt STOCKER sie in einer Übersicht paarweise zusammen. So stehen *Hyper-* und *Simil*textualität für die *Imitation* des Prätextes, *Meta-* und *Thema*textualität für die *Thematisierung* und *Palin-* und *Demo*textualität für das *Zitieren* bzw. *demonstrative Heranziehen* des Prätextes (1998: 69). Jeweils die erste Unterform dieser Paare hat mit der inhaltlichen Seite des Prätextes zu tun, die zweitere mit der stilistischen.

Alle diese Unterformen haben das typische Merkmal der Intertextualität gemeinsam, daß ein oder mehrere Prätexte als Grundlage für einen neuen Text dienen.


## 1.3.2. Problematik


Um an dieser Stelle zu bewerten, ob die gegebene Fragestellung ein brauchbares Anwendungsgebiet für das Konzept der Intertextualität ist, sei es erlaubt, den Untersuchungen in den Kapiteln 3 bis 5 vorzugreifen. Daß alle drei Autoren sich des arthurischen Stoffes bedienen, setzt voraus, daß Prätexte vorhanden sein müssen, nach denen sie sich, bewußt oder unbewußt, gerichtet haben. Am einfachsten ist der Fall, wie im letzten Abschnitt schon angedeutet wurde, im Fall von John Steinbeck und *Tor-*

*tilla Flat*. Wie in Kapitel 4 noch genauer entwickelt wird, liegt diesem Roman ganz offensichtlich Sir Thomas Malorys *Morte Darthur* zugrunde. Schwieriger gestaltet sich die Betrachtung von Twains *Connecticut Yankee* und Malamuds *Natural*. Dabei wäre es im Zweifelsfall sicherlich noch einfacher, für die Gralsgeschichte bei Malamud einen oder mehrere Prätexte ausfindig zu machen (z.B. von Chrétien de Troyes oder Wolfram von Eschenbach, vgl. Kap. 2), die auf die eine oder andere von STOCKER dargestellte Weise als Grundlage für *The Natural* bezeichnet werden können. Spätestens bei Twain allerdings würde das nicht mehr möglich sein, zumindest nicht, ohne eine Unmenge, möglichst alle, arthurische Werke zu Rate zu ziehen, die die arthurische Welt so darstellen, wie Twain es ebenfalls getan hat, nämlich hochmittelalterlich, aristokratisch und feudalistisch (vgl. Kap. 2 und 3).

Eine intertextuell orientierte Untersuchung der drei Romane auf der Basis von STOCKERs Konzept würde in etwa zu einem Ergebnis in der Art führen, daß Twains *Connecticut Yankee* hypertextuell genannt werden kann (als Parodie und Satire), Steinbecks *Tortilla Flat* in erster Linie similtextuell (durch die Imitation von Malorys Stil) und teilweise auch palintextuell (durch Anspielungen) und Malamuds *Natural* weitestgehend palintextuell (durch Anspielungen auf diverse mythische Prätexte). Sämtliche Romane müßten demotextuell genannt werden (auf der Basis der diesen Untersuchungen zugrundeliegenden Annahme, dem Leser solle eine Botschaft vermittelt werden, wobei die arthurischen Elemente behilflich sind).

Eine solche Untersuchung ist natürlich nur in dem Moment überhaupt sinnvoll, in dem die Prätexte explizit benannt werden können (was, wie oben bereits ausgeführt, ohne tiefergehende Studien nur im Fall von Steinbeck möglich ist). Ob der (ebenfalls oben beschriebene) Aufwand, der mit einer sinnvollen intertextuellen Untersuchung der drei Romane verbunden wäre, im Rahmen der Fragestellung dieser Arbeit lohnenswert ist, d.h., in welchem Verhältnis er zu dem Beitrag steht, den er zu den anstehenden Untersuchungen leisten würde, ist die nächste Frage.

Über Mark Twain läßt sich sagen, daß es ihm gerade nicht, wie es die Ausführungen in Kapitel 3 noch entwickeln werden, darauf ankam, die arthurische Legende detailgetreu wiederzugeben. Deshalb würde eine Auseinandersetzung mit möglichen Prätexten wenig Sinn machen; sie würde zur Beantwortung der Frage nach dem „warum" wenig beitragen. Im Fall von Bernard Malamud stellt man fest, daß der Aufwand, der mit dem Studieren diverser Gralsgeschichten verbunden wäre, in keinem Verhältnis steht zu dem Beitrag, den das Ergebnis eventuell zur Untersuchung von *The Natural* leisten könnte. Wichtig ist, *daß* Malamuds Roman arthurisch ist, und für die Frage, was der arthurische Charakter des Romans zur Übermittlung der Botschaft beiträgt, spielt die Intertextualität kaum eine Rolle. Diese Betrachtung kann prinzipiell auf *Tortilla Flat* von John Steinbeck ausgedehnt werden, auch wenn hier der intertextuelle Bezug weitestgehend klar ist.

Im Interesse einer einheitlich durchgeführten Untersuchung soll im folgenden auf eine intertextuelle Herangehensweise an die vorliegenden Romane verzichtet werden. Ein Aufzeigen intertextueller Aspekte in den drei Romanen wäre vielmehr ein Thema für eine ganz andere Arbeit, die im Interesse der Intertextualität über neuzeitliche arthurische Literatur verfaßt wird.

## 2. <u>Die Entwicklung des arthurischen Stoffes</u>

### 2.1. Ursprung

#### 2.1.1. Römisches Britannien und angelsächsisches England


Unter Verwendung der Werke von A. MAUROIS (1937: 22ff, 36ff) und H. BELLOC (1925: 41ff, 187ff) läßt sich der für die Entstehung der Legende von König Arthur relevante Abschnitt der englischen Geschichte folgendermaßen umreißen:

Nachdem England von Caesar vorläufig (54 v. Chr.) und von Claudius endgültig (ab 43 n. Chr.) unterworfen worden war, hatte Rom im 2. Jahrhundert seine Herrschaft über den größten Teil der Insel stabilisiert. In der neuen Provinz Britannien setzte sich römische Politik und römische Lebensweise durch, und es kam zu technischen und kulturellen Entwicklungen, wie z.B. zur Entstehung eines dichten Straßennetzes, an dessen Kreuzungspunkten heute noch existierende Städte entstanden (allen voran London). Amtssprache im Land wurde Latein, welches im Laufe der Zeit sogar von einfachen keltischen Handwerkern beherrscht wurde. Die römische Herrschaft über das Land wurde, wie in den meisten Provinzen, letztlich ein Opfer ihrer eigenen Politik, die ein möglichst freundschaftliches Zusammenleben und Vermischen von Besetzern und Ureinwohnern anstrebte. Zahlreiche Römer fühlten sich in Britannien so wohl, daß sie sich kaum noch mit Rom verbunden sahen, und im Gegenzug bestand die römische Armee zunehmend aus Kelten und Barbaren. Darüberhinaus wurden im 4. Jahrhundert immer mehr Streitkräfte abgezogen, um auf dem Kontinent gegen einfallende Wandervölker eingesetzt zu werden, und es gilt historisch als sicher, daß spätestens im Jahr 410 die letzten römischen Soldaten aus England verschwunden waren, welches dann im Kampf gegen die es bedrohenden Angelsachsen auf sich allein gestellt war. An dieser Stelle versank das Land in einem Loch, aus dem es erst zum Anfang des 7. Jahrhunderts hin wieder aufzusteigen begann.

Ab dem Jahr 597 kamen vom Kontinent katholische Missionare herüber, um das Land zu bekehren, und sie stießen auf ein verrohtes und unkultiviertes Volk: die Angelsachsen. Dieser wenig anpassungsfähige und kaum bekehrbare „Haufen“ hatte die einstmals keltische und zwischenzeitlich römische Insel fest in der Hand, ohne dabei allerdings in sich eine Einheit zu bilden. Am Ende des 6. Jahrhunderts bestand England aus fünfzig oder mehr untereinander nicht unbedingt befreundeten Königreichen, ohne Verbindung zum Kontinent. Es dauerte rund hundert Jahre, bis der Einfluß der katholischen Kirche zumindest auf religiöser Ebene wieder „ein Reich" und eine „Provinz des Christentums" hergestellt hatte. Zu dem Zeitpunkt bestand England, weltlich gesehen, allerdings noch immer aus sieben einzelnen Königreichen. Erst Offa, König von Mercia, gelang im Jahre 774 die nicht ganz friedfertige Einigung des gesamten Landes unter seiner Herrschaft, womit die Ära der angelsächsischen Könige begann, die dann erst ab 1066 durch die der Normannen abgelöst werden sollte.

## 2.1.2. Die Lücke

Das im vorigen Abschnitt erwähnte „Loch" in der Geschichte Englands ist eine Lücke von größter historischer Bedeutung: „Now it is of the utmost importance to guess rightly what happened in that 200 years; for if we guess wrongly we shall misunderstand the whole subsequent history of the English" (BELLOC 1925: 155). Betrachtet man die im vorigen Abschnitt beschriebenen Zustände innerhalb Englands in der Zeit vor und nach der Unterbrechung, so wird deutlich, warum es so wichtig ist, die Geschehnisse in der Lückenzeit, über die es praktisch keine Dokumentationen gibt, möglichst genau wahrheitsgetreu zu konstruieren: Die Römer ließen Anfang des 5. Jahrhunderts ein Land zurück, dem sie ihren Stempel aufgedrückt hatten; vom Charakter her römisch und in „geordneten Verhältnissen". Was die Missionare um 600 vorfanden, war vielmehr Chaos – die Aufteilung in kleine Königreiche erinnert eher an von Häuptlingen angeführte Stämme als an ein zusammenhängendes Volk.

Was also fiel in der Zeit der Lücke vor, daß sich der Charakter des Landes derart veränderte? Wie konnten die Angelsachsen die Insel einnehmen und ihre Vorherrschaft stabilisieren?

„Hundreds of years later a mass of *legends* were written down (...). But they only help to guess at the broadest outlines; they do not tell us any reliable facts on ‚The Gap‘; they are not history" (1925: 156).

Der Reiz, den eine derartig im Dunkeln liegende Phase in der Geschichte eines Landes daraufhin ausübt, die Lücke schlichtweg durch das Erfinden von Gestalten und Fakten zu überbrücken, ist offensichtlich. So kam es zur mehrfachen Erwähnung eines Namens, dessen Träger von BELLOC als „another kinglet, almost certainly from Somerset, who became a legend" bezeichnet wird. „His Roman name, Artorius, has survived as Arthur" (1925: 175). Arthurs Bedeutung für die Entwicklungen in England wird von MAUROIS auf den Punkt gebracht: „Im sechsten Jahrhundert errang ein König Arthur (oder Artorius) (...) die Oberhand über die Landräuber" (1937: 34). Sir F. STENTON hebt heraus, daß der wahre Arthur mit Sicherheit nicht die imposante Figur war, zu der die Legende ihn macht, wobei er sich auf Gildas bezieht, den Verfasser einer der wenigen und dürftigen Quellen, die aus der Lückenzeit zur Verfügung stehen: „The silence of Gildas may suggest that the Arthur of history was a less imposing figure than the Arthur of legend" (1971: 3). Bei Gildas wird Arthur nämlich nicht erwähnt.

LACY & ASHE schließlich nehmen in ihrem *Arthurian Handbook* (1988) eine zeitliche Einordnung des wahren Arthur vor: „The Arthurian timespan puts the King in a phase when the Britons still held the land (...)" (1988: 8). Er wird zwischen 450 und 550 angesiedelt.

Als historisch einigermaßen annehmbar gilt die folgende Version der Geschehnisse um Arthur: Nachdem ein Heerführer namens Vortigern es nicht geschafft hatte, die Angelsachsen zurückzuschlagen, hatte Arthur damit schließlich Erfolg und sorgte für Frieden im Land. „His reign was founded on victory over [the] enemies and the restauration of peace. While he lived, the Britons were in the ascendant, and the Saxons were confined to a limited area and not dangerous" (LACY & ASHE 1988: 9).

## 2.2. Die literarische Entwicklung im Mittelalter

### 2.2.1. Keltische Geschichtsschreibung

Arthur trat erstmals um 600 in der Gedichtsammlung *Gododdin* des Barden Aneirin auf, wurde dort aber nur am Rande erwähnt (LACY & ASHE 1988: 29). Aneirin stammte aus Wales; ebenso Nennius, auf den vermutlich die Geschichtsdarstellung *Historia Brittonum* (Geschichte der Briten) zurückgeht, die im 9. Jahrhundert verfaßt wurde. Nennius ordnet Arthur um 500 ein und präsentiert ihn in der Rolle des glorreichen Heerführers, der nach Vortigerns Versagen die Angelsachsen unterwarf. Die *Historia Brittonum* machte Arthur berühmt und sorgte dafür, daß er in künftigen Schreibungen, die sich mit der Lückenzeit befaßten, einen festen Platz hatte (1988: 19ff).

So trat Arthur dann auch in den *Annales Cambriae* (Annalen von Wales) auf, die etwa hundert Jahre nach Nennius von einem unbekannten Autor verfaßt wurden. Diese Annalen schildern die (vermeintliche) Geschichte von Wales über einen Zeitraum von 533 Jahren, beginnend vermutlich im Jahr 447. Arthur erscheint in der „Schlacht von Badon" um 518, in der er die Angelsachsen unterwirft. Im Jahr 539 wird sein Ende angesiedelt, in Verbindung mit einer Person namens Medraut, dem keltischen Vorläufer des späteren Mordred (1988: 22f).

Im 11. Jahrhundert kam es zur ersten Erwähnung eines Hofes, an dem Arthur als Edelmann gewisse Gefolgsleute um sich scharte. In der Erzählung *Culhwch and Olwen* aus dem Sammelwerk *Mabinogion* treten Cai und Bedwyr auf (die späteren Sir Kay und Sir Bedivere der Tafelrunde) und auch Gemahlin Guinevere (1988: 34f).

Bis zum 12. Jahrhundert waren die wenigen historischen Fakten über Arthur bereits so reichlich ausgeschmückt worden, daß diverse Geschichtsschreiber wie z.B. William of Malmesbury oder Giraldus Cambrensis darin Grund zur Klage sahen (1988: 69). Diese Entwicklung sollte ihren Höhepunkt aber erst noch erreichen, nämlich durch Geoffrey of Monmouth, der mit seinen in den dreißiger Jahren des 12. Jahrhunderts veröffentlichten Werken den Übergang von der Geschichtsschreibung zur Fiktion einleitete: „Geoffrey was writing fiction in the guise of history" (1988: 71).

Sein größter Verdienst für die Entwicklung des arthurischen Stoffes war die Einführung des neuen Charakters Merlin, mit dem sich das Werk *Prophetiae Merlini* (Merlins Prophezeiungen) von 1136 befaßt (1988: 57ff). Im Nachfolgewerk *Historia Regum Britanniae* (Geschichte der Könige Britanniens, 1138) plazierte Geoffrey den Magier und Propheten an Arthurs Hof. Gleichzeitig ging er sehr ins Detail bei der Schilderung von Arthurs Herkunft, seinem Aufstieg, seiner Herrschaft und seinem Ende: Arthur entspringt dem von Merlin eingefädelten Techtelmechtel zwischen Uther, König von England, und Ygerna, Gemahlin des Herzogs von Cornwall. Er macht sich einen Namen durch die Unterwerfung der Angelsachsen mit Hilfe seines Schwertes Caliburn (Excalibur), welches auf einer sagenhaften Insel namens Avalon für ihn gefertigt wurde. An seinem Hof schart er Figuren wie Kay, Bedivere oder Gawain um sich, und unter seiner Herrschaft erlebt England zwölf Jahre Frieden. Schließlich führt ihn ein Krieg nach Gallien, und sein Neffe Mordred versucht währenddessen, die Krone an sich zu nehmen. Arthur kehrt zurück, um ihn zu stoppen, und wird im Kampf schwer verwundet. Man bringt ihn zur Behandlung nach Avalon, von wo er nicht mehr zurückkehrt (1988: 50f).

Mit dieser noch immer als wahre Geschichte Englands gedachten Darstellung legte Geoffrey den Grundstein für weitere Entwicklungen des Stoffes, die sehr bald folgen sollten.


2.2.2. Französische und deutsche Ritterromanzen


Die französischen Romanciers haben durch ihre Ritterdichtungen der Legende von Arthur ihre stoffliche Form gegeben, unter der man sie heute allgemein kennt. Die typischen Elemente und Motive, die zu Geoffreys Zeit noch nicht vorhanden waren, entsprangen französischer Phantasie. So verfaßte beispielsweise um 1150 ein Autor namens Wace die *Roman de Brut* (Romanze von Brutus), in welcher die Lebensgeschichte auserwählter Könige fiktional dargestellt wurde. Darin enthalten war eine Art Übersetzung Geoffreys, ergänzt durch eigene Ideen wie z.B. einer Tafelrunde am Hofe Arthurs „Wace's translation (...) very nearly completed the transition from chronicle to romance" (LACY & ASHE 1988: 71f).

Der bedeutendste Name unter den französischen Romanciers, die sich mit Arthur befaßten, ist Chrétien de Troyes. Seine Werke gelten als erste arthurische Romanzen (1988: 67). Verfaßt wurden sie zwischen 1160 und 1180. In seinen fünf Erzählungen in Versform prägt Chrétien zahlreiche neue Charaktere wie „Erec et Enide", „Lancelot le chevalier de la charrette" (Lanzelot der Karrenritter), „Yvain le chevalier au lion" (Iwein der Ritter mit dem Löwen) oder „Perceval"; mit letzterem hielt auch die Suche nach dem Heiligen Gral Einzug in den arthurischen Stoff (1988: 80).

Interessant ist an dieser Stelle das deutlich veränderte historische Umfeld Arthurs – er umgibt sich mit Rittern, und diese sind eine Erscheinung des Hochmittelalters. Mit dem wahren Arthur, zu suchen an der Schwelle zwischen Antike und frühem Mittelalter, haben diese Darstellungen demnach nichts mehr zu tun; aus dem Heerführer mit Kriegern an seiner Seite ist ein Monarch mit Hof und Rittern geworden, angeglichen an die Zeit, in der die Romanciers selbst lebten.

Durch den Gral bekam die Legende einen religiösen Aspekt. Robert de Boron (um 1200) stellt in *Le Roman du Graal* (Die Romanze vom Gral) das wundersame Gefäß als den Kelch dar, in dem das Blut Christi verwahrt wurde (1988: 85). Ein weiteres Werk Roberts ist *Merlin*, womit sich N. TOLSTOY in *Auf der Suche nach Merlin* (1987) befaßt: „Merlin (...) trifft Vorkehrungen für den ‚Schwert-im-Stein'-Test und räumt den anfänglichen Widerstand gegen Arthurs Thronbesteigung aus dem Weg" (1987: 33). Dies ist die erste Erwähnung des Schwertes im Stein.

Das letzte große arthurische Werk aus der Zeit der französischen Ritterromanzen ist der *Vulgate Cycle* (frühes 13. Jh.), über dessen Verfasser man sich nicht im klaren ist. In diesem fünfteiligen Zyklus findet der Gralsritter Galahad seine erste Erwähnung, als Sohn Lanzelots (LACY & ASHE 1988: 88ff).

Deutsche Namen, die durch die Behandlung arthurischen Stoffes Bedeutung erlangt haben, sind unter anderem Hartmann von Aue und Wolfram von Eschenbach, die sich stark an Chrétien de Troyes orientierten. Von Hartmann stammen die Dichtungen *Erec* (1180) und *Iwein* (1200), Wolframs *Parzival* (1210) legte Chrétiens *Perceval* zugrunde (1988: 102f).

Weiterhin erwähnenswert sind Wirnt von Grafenberg (*Wigalois* um 1215, Dichtung über einen Sohn Gawains) oder Heinrich von dem Türlin (*Diu Crône* um 1230, Dichtung über Arthurs Kindheit und Aufstieg und über Gawain) (1988: 110). Ulrich Fuetrer verfaßte 1467 seinen *Prosaroman von Lanzelot*, den er in den achtziger Jahren desselben Jahrhunderts zu *Der strophische Lanzelot* umarbeitete (1988: 109).

Bei der Betrachtung dieser französischen und deutschen Werke ist eine Tendenz zu erkennen, nicht mehr Arthur in den Mittelpunkt zu stellen, wie es in den keltischen Schreibungen die Gewohnheit gewesen war. Man konzentrierte sich nun auf die Abenteuer und Schicksale einzelner Figuren wie Gawain, Lanzelot oder den Gralssuchern. „(...) Arthur appears to fade by comparison" (1988: 110).

In diesen Zusammenhang paßt auch der von LACY & ASHE mit dem Prädikat „exceptional quality" (1988: 105) versehene „Verdienst" der deutschen Dichter, nämlich die Anbindung der Romanze von Tristan und Isolde an den Stoff von Arthur und seinen Rittern. Eilhart von Oberge (*Tristrant*, zwischen 1170 und 1190) und Gottfried von Straßburg (*Tristan*, um 1210) befaßten sich mit diesem neuen Stoff (1988: 105ff), und spätestens ab der Aufnahme Tristans in die Tafelrunde in der späteren Prosa (RANKE 1925: 65) ist es gerechtfertigt, den Tristanstoff als Teil des Arthurstoffes zu betrachten.


## 2.2.3. Englische Erzählungen


Eigentlich gibt es nur zwei englische arthurische Werke aus der Zeit des späteren Mittelalters, die wirklich Bedeutung erlangt haben, nämlich die Versdichtung *Sir Gawain and the Green Knight* von einem unbekannten Verfasser aus der Zeit um 1400, und das Sammelwerk von Sir Thomas Malory, welches um 1470 als *The Hoole*

*Book of Kyng Arthur and of His Noble Knyghts of the Round Table* vollendet wurde und unter dem Titel *Le Morte Darthur* in die Literaturgeschichte eingegangen ist. LACY & ASHE bezeichnen diese Werke als „the two great English masterpieces of the later Middle Ages" (1988: 138). Zusätzlich gab es diverse Veröffentlichungen meist unbekannter Herkunft, größtenteils Anlehnungen an französische Romanzen: *Yvain and Gawain* (14. Jh.), *Sir Perceval of Galles* (frühes 14. Jh.) oder *Lancelot of the Laik* (spätes 15. Jh.), inspiriert durch Chrétien, sowie *Le Morte Arthur* (14. Jh.) und Herry Lovelichs *Merlin* (um 1450) als Nachdichtungen aus dem *Vulgate Cycle* (1988: 134ff).

In *Sir Gawain and the Green Knight* trifft Gawain den grünen Ritter, der ihn zu einem seltsamen Zweikampf auffordert: Gawain darf ihn enthaupten, und sollte der grüne Ritter diesen Schlag überleben, wird er ein Jahr später den Gegenschlag gegen Gawain ausführen. Der grüne Ritter überlebt die Enthauptung, und Gawain, ein Ritter von Ehre, macht sich nach einem Jahr auf den Weg zu seinem Gegner, um den Zweikampf wie vereinbart fortzusetzen. Als Gast kommt er bei einem Mann namens Bercilak unter, dessen Frau ihn verführt und ihm eine magische Schärpe zum Schutz vor Unheil schenkt. Dieses Utensil macht ihn immun gegen den Gegenschlag des grünen Ritters, und es stellt sich heraus, daß der Ritter Bercilak selbst ist, und daß das „Enthauptungsspielchen" von Arthurs Erzfeindin Morgan le Fay eingefädelt wurde (1988: 138f). LACY & ASHE loben den literaturwissenschaftlich wertvollen Stil dieses Werkes durch die Verstrickung klassischer Motive wie „Herausforderung" und „Versuchung" (1988: 139).

Das zweite große Werk, das von Malory, bekommt seine Signifikanz durch seine Komplexität: Malory legte eine sehr breit gestreute Vielzahl von Quellen zugrunde, die den Arthurstoff auf unterschiedlichste Weise wiedergeben. Die daraus resultierende Vollständigkeit, die in der Geschichte arthurischer Literatur bei *Le Morte Darthur* erstmalig auftrat, macht das Werk nach LACY & ASHE zu einem Meilenstein in der Entwicklung („the masterly culmination of the medieval legend", „the greatest single source of inspiration for future writers"; 1988: 143f).

Diese Komplexität bringt allerdings auch Komplikationen mit sich: Stellenweise entbehrt die Handlung einer logischen Ordnung, indem z.B. ein Charakter erst stirbt und später wieder auftritt oder Sir Tristrams Erwachsenendasein zeitlich vor seiner Kindheit zu liegen scheint (1988: 142). Auch werden die Epochen der Menschheitsgeschichte durcheinandergeworfen, da Arthurs Herrschaft zu römischer Zeit beginnt, es gleichzeitig an seinem Hof aber die Tafelrunde mit ihren Rittern gibt (1988: 142f). Nichtsdestotrotz ist die Bedeutung von *Le Morthe Darthur* immens; „(...) he [Malory] is frequently praised for having brought clarity and coherence to a diffuse mass of material (...)" (1988: 144). Malory schuf eine Grundlage, nach der sich viele zukünftige Schreiber richten sollten.

## 2.3. Die literarische Verarbeitung in der Neuzeit

### 2.3.1. Die „dunkle Zeit" und Tennyson

„Arthurian literature did not stop with Malory and resume with Tennyson" (LACY & ASHE 1988: 151).
Die Zeit zwischen Malory und Tennysons *Idylls* (19. Jh.) gilt gemeinhin als eine Art „Flaute" in der arthurischen Literatur, „(...) a kind of ‚Dark Ages' of Arthuriana (...)" (LACY & ASHE 1988: 151). Es wurde wenig verfaßt, was wirklich Bedeutung erlangte. In der englischsprachigen Literatur, der von jetzt an das ausschließliche Augenmerk gelten soll, sind im wesentlichen nur zwei herausragende Namen zu nennen, nämlich Edmund Spenser und Henry Fielding. Bei der Betrachtung der Werke dieser Autoren fällt eine neue Tendenz auf in der Art und Weise, sich mit Arthur und seiner Legende auseinanderzusetzen, nämlich weg von der Glorifizierung nach mittelalterlichem Vorbild, hin zu einer eher nüchternen Darstellung mit tieferem Sinn oder sogar zur Lächerlichmachung.

Spensers *The Fairie Queene,* ein Zyklus von zwölf geplanten und sechs tatsächlich vollendeten Büchern, verfaßt im 16. Jahrhundert, ändert den wohlbekannten Stoff deutlich ab, indem Arthur nicht mehr König ist, sondern nur noch Prinz, und seine Ritter völlig unbekannte Namen tragen (z.B. Britomart oder Artegall). Nur Merlin ist eine bekannte Figur. Das Werk Spensers ist religiös zu verstehen, indem Arthur und seine Ritter die verschiedenen Tugenden symbolisieren, und es gibt zusätzlich politische Kommentare zur elisabethanischen Zeit ab (1988: 169f).

Henry Fielding verarbeitete 1730 Arthur in seinem für Kinder gedachten Bühnenstück *The Tragedy of Tragedies; or the Life and Death of Tom Thumb the Great.* Fielding verwendet die Gestalt des Zwerges Tom Thumb, die schon im 17. Jahrhundert in der Literatur aufgetaucht war, und schildert verrückte Liebesgeschichten zwischen Menschen, Riesen und Zwergen; Arthur hat eine Tochter namens Huncamunca, und am Schluß wird Tom Thumb von einer Kuh gefressen (1988: 171ff).

Erwähnenswert wäre noch Ben Jonsons *The Speeches at Prince Henry's Barriers* (1610), wo Merlin und Arthur Kommentare über englische Monarchen der frühen Neuzeit abgeben, oder Richard Blackmores *Prince Arthur* (1695) und *King Arthur* (1697), wo Arthur es mit dem Teufel und mit Engeln zu tun hat und eine Gestalt exekutieren läßt, die Ludwig XIV. symbolisieren soll (1988: 171f). Vereinzelte Versuche, Arthurs glorreiches Image aufrechtzuerhalten, z.B. von Martin Parker in *The Most Famous History Of That Most Renowned Christian Worthy Arthur King of the Britaines* (1660), spielen nur eine untergeordnete Rolle.

Erst Lord Alfred Tennyson kehrte, inspiriert durch Malory, mit Erfolg zur traditionellen Betrachtung des arthurischen Stoffes zurück und sah darin „the greatest of all poetical subjects" (TURNER 1976: 149). Er verwendete die meiste Zeit seines Lebens darauf, seine *Idylls of the King* zu verfassen. „Tennyson was drawn to the past in an attempt to repudiate the present; much of his poetry represents a reaction against the prevailing mechanistic views of nature and the ugliness of an increasingly industrialized society" (LACY & ASHE 1988: 176f).

Ab 1830 verfaßte Tennyson seine ersten arthurischen Gedichte wie z.B. *Sir Launcelot and Queen Guinevere, Sir Galahad* oder *Morte d'Arthur,* letzteres stark angelehnt an

Malory (1988: 177). Ab 1857 faßte er seine Gedichte unter dem Sammeltitel *Idylls* zusammen, und erst 1885 wurde das letzte Gedicht hinzugefügt (1988: 177f).

„Tennyson's influence was enormous. (...) Malory's works (...) could not have achieved the vogue they were to have during the century had not Tennyson popularized the Arthurian story" (1988: 181f). Damit wird Tennyson zum Wegbereiter für Arthurs Wiederauferstehung nach der „dunklen Zeit", und es ist fraglich, ob der legendäre König ohne die *Idylls* seine Popularität hätte wiedererlangen können.


2.3.2. Das 20. Jahrhundert


Unser Jahrhundert sah eine Vielzahl unterschiedlichster Verarbeitungen des Arthur-Stoffes oder seiner Elemente; einige davon verdienen eine exemplarische Erwähnung.

Als Pendant zu Tennyson sollte auf jeden Fall Charles Williams genannt werden: „If Tennyson was the most important poetic interpreter of the Arthurian legend in the nineteenth century, that distinction for the twentieth belongs to Williams" (LACY & ASHE 1988: 190f). Seine Gedichtsammlungen *Taliessin Through Logres* (1938) und *The Region of the Summer Stars* (1944) sind geprägt von Esoterik: Merlins Prophezeiungen verbinden die Handlungsteile, Arthur beschwört seinen eigenen Untergang herauf, indem er durch Inzest (Symbol für Selbstliebe) Mordred in die Welt setzt, und verstorbene Ritter kehren als Geister wieder (1988: 191f). Williams' Werk gilt als anspruchsvoll und schwierig lesbar, aber gerade deswegen als äußerst bereichernd für den Leser (1988: 192).

Eines der skurrilsten Beispiele für die Verwendung arthurischer Stoffelemente in einem Roman mit schwerpunktmäßig nicht-arthurischer Handlung ist zweifelsohne James Joyces *Finnegans Wake*. Der Roman handelt von einem Mann namens Porter, genannt H.C. Earwicker, dessen Träume der Leser erlebt, und in diesen Träumen begehrt er seine Tochter Isobel („Iseult-la-Belle“) (BURGESS 1966: 7ff). Man hat es hier also mit dem Tristan-Stoff zu tun, eingeflochten in die Geschehnisse um Earwikker, der, wie Mark in der Tristan-Romanze, eine Frau begehrt, die er nicht bekommen kann (LACY & ASHE 1988: 212).

Der fünfteilige Zyklus *The Once And Future King* von T.H. White stellt eine größtenteils didaktische und zeitkritische Verarbeitung der Arthur-Legende dar. Der Zyklus erschien in der Zeit von 1938 bis 1958, mit einem Nachzügler 1977, und ist durch Malory inspiriert (KELLMAN 1988: 11). Whites Werk präsentiert seine radikal pazifistische Weltanschauung: Arthur erfährt vielfach das Grauen des Krieges, es gibt mehrere Anspielungen auf Hitler, und White prägt den Begriff „homo ferox“ für den Menschen („since man is the most ferocious of the animals“, Zitat Merlyn in *The Book of Merlyn*) (LACY & ASHE 1988: 206f).

Das noch relativ junge Werk *The Mists of Avalon* (1982) von Marion Zimmer Bradley gibt dem Arthur-Stoff eine leicht feministische Färbung: „(...) [it] traces all the major events of the traditional story through the eyes of Igraine, Viviane, Morgaine, Gwenhwyfar, Morgause, and others“ (LACY & ASHE 1988: 201). Der Leser erlebt somit Arthurs Geschichte aus der Perspektive der wesentlichen weiblichen Charaktere. Dabei spielt Morgaine (alias Morgan le Fay) die wichtigste Rolle: „Wohl zum ersten Mal erzählt eine Frau diese wundersame Geschichte (...) und erinnert daran, daß einst Frauen die Macht in den Händen hielten“ (Klappentext der deutschen Ausgabe von 1983).

David Lodge hat in *Small World* (1984) of humoristische Weise Parzival und die Gralssuche verarbeitet: „*Small World* is itself a ‚Grail novel‘“ (LACY & ASHE 1988: 213). BERGONZI (1995) führt dies genauer aus; Protagonist des Romans ist der junge irische Gelehrte Persse McGarrigle, der als „remarkably innocent“ gilt. „‚Persse‘ is a variant of Percival“; „McGarrigle“ wird übersetzt mit „Son-of-supervalour“ (1995: 20). Die Rolle des Heiligen Grals wird übernommen vom „UNESCO Chair of Literary Criticism, a highly paid and prestigious appointment with no particular duties, that will not even involve the successful candidate moving from his or her own university“ (1995: 21f). Die diversen Charaktere, die dieses Ziel erreichen wollen (darunter Persse, ein gewisser „Arthur Kingfisher" und eine gewisse „Fulvia Morgana"), werden somit zu Gralssuchern.

Der letzte Name in diesem literarischen Überblick dürfte wenig bekannt sein, da sein Werk noch äußerst jung ist: Stephen Lawhead. Von ihm stammt der vierteilige *Pendragon Cycle* (1987-94). „Research for his Celtic-based novels led Lawhead, an American, to Oxford, where he now lives and works (...)" (Klappentext zu *Pendragon*, dem vierten Teil des Zyklus). Lawhead verbindet den Mythos von Arthur mit dem des versunkenen Atlantis (viele tragende Charaktere, insbesondere die mit übernatürlichen Fähigkeiten, sind atlantischer Herkunft, darunter auch Merlin) und gibt seiner Erzählung ansonsten einen schwerpunktmäßig keltischen Charakter. Er orientiert sich möglichst nah an der tatsächlichen Geschichte Englands; der Leser erlebt den Abzug der Römer und den Versuch Vortigerns, sich zum ersten „High King" über das ganze Land zu machen. Die Charaktere tragen keltische Namen (z.B. „Myrddin" statt „Merlin"). Insgesamt wird der Eindruck einer Rückkehr zur fiktionalen Geschichtsschreibung nach Vorbild von Geoffrey erweckt.


Primärquellen für diesen Abschnitt:

Marion Zimmer Bradley: *Die Nebel von Avalon* (deutsche Ausgabe 1983). Frankfurt: Fischer

Stephen Lawhead: *Taliesin* (1987), *Merlin* (1988), *Arthur* (1989), *Pendragon* (1994). Oxford: Lion

## 3. <u>Mark Twain: *A Connecticut Yankee at King Arthur's Court*</u>

### 3.1. Über Mark Twain

### 3.1.1. Sein Leben und Werk

Unter Verwendung der Chronologie in *Mark Twain* von R.K. MILLER (1983: viiff)
läßt sich das Leben Twains folgendermaßen umreißen:

Mark Twain wurde 1835 geboren und hieß mit bürgerlichem Namen Samuel Lang-
horne Clemens. Er wuchs im Südstaat Missouri auf; diesem Teil der USA blieb er bis
zum Ausbruch des Bürgerkrieges verbunden. 1859 erwarb er sogar die Lizenz eines
Flußlotsen auf dem Mississippi. Erst der Krieg veränderte sein Leben völlig: 1861
zunächst Kämpfer auf der Seite der Konföderierten, desertierte er 1862 und ging mit
seinem Bruder Orion nach Nevada, wo er sich als Gold- und Silberschürfer versuch-
te. Nachdem der Erfolg ausgeblieben war, betätigte er sich als Journalist für diverse
Zeitungen im Osten und Westen der USA, was ihm den Weg zum Schriftsteller eb-
nete, zumal er ab 1863 das Pseudonym „Mark Twain" verwandte.
Als Journalist bereiste Twain 1867 Europa, und 1871 ließ er sich mit seiner Frau Olivia und seinem ersten Sohn in Connecticut nieder. Sein schriftstellerischer Erfolg im
Laufe der siebziger Jahre machte es ihm möglich, seinen eigenen Verlag zu gründen
(*Charles L. Webster*), und in dem Glauben, ein guter Geschäftsmann zu sein, beging
Twain in den späten achtziger Jahren den Fehler, eine große Menge Geld in die Entwicklung und Vermarktung einer Druckmaschine mit dem Namen „Paige Typesetter"
zu investieren. Das Gerät entwickelte sich zu einem Mißerfolg, so daß Twain 1894
den Bankrott erklären mußte. Glücklicherweise tat das seinem Erfolg als Schriftsteller keinen Abbruch, so daß er in Verbindung mit Vorlesungen rund um die Welt bereits vier Jahre danach seine gesamten Schulden begleichen konnte.
In den neunziger Jahren lebte Twain mit seiner Familie in Europa, erst zur Jahrhun-
dertwende kehrte er in die USA zurück. 1904 starb seine Frau Olivia, 1907 erhielt er
den Ehrendoktortitel der Universität Oxford, und 1910 schließlich starb Mark Twain
an Angina.

Die ersten schriftstellerischen Gehversuche machte Twain bereits im Alter von 17 Jahren noch unter dem Namen Samuel Clemens, als seine Kurzgeschichte „The Dandy Frightening the Squatter" in dem humoristischen Bostoner Magazin *The Carpet Bag* erschien (1852). Der Beginn seiner Karriere als erfolgreicher Schriftsteller kann im Jahr 1867 angesetzt werden, in dem seine Sketch-Sammlung *The Celebrated Jumping Frog of Calaveras County* erschien. 1869 folgte *The Innocents Abroad* als Verarbeitung von Twains vorangegangener Europareise. Bereits hier schien der Charakter durch, der seine späteren Werke größtenteils ausmachen sollte: „Er warnte gewissermaßen davor, daß man inmitten der Galerien, Ruinen und Zeugnissen der Vergangenheit seinen gesunden Menschenverstand verliere und zum Monarchisten oder Ästheten werde" (AYCK 1974: 37).

Nach einem zweiten Reisebericht, *Roughing It* (1872), in dem Twain seine Erfahrungen als Goldgräber und rastloser Journalist verarbeitete (1974: 46f), und seinem ersten Roman, *The Gilded Age* (1873), einer zeitkritischen Auseinandersetzung mit den Veränderungen, die die industrielle Revolution in der Gesellschaft der USA hervorgerufen hat (1974: 73ff), folgte 1876 Twains erstes großes Meisterwerk *Tom Sawyer*. Dieser vielfach als Kinderbuch verstandene Roman enthält zahlreiche Denkanstöße. MILLER bezeichnet ihn als „dream vision of American childhood. To be an American is to live on the edge of the frontier" (1983: 59). *Tom Sawyer* steht ganz im Zeichen von Abenteuerlust und Freiheitsdrang im Angesicht der Gefahr: „(...) childhood is not free of threats (...)" (1983: 59). Toms Heimatstädtchen St. Petersburg in Missouri gilt bei MILLER als „garden of American innocence (...) in which a serpent lurks"; Phänomene wie „body snatching, murder, robbery, and revenge" sind allgegenwärtig (1983: 60).

*Huckleberry Finn*, eigentlich als Nachfolgewerk zu *Tom Sawyer* zu verstehen, erschien recht lange nach dem Vorgänger (1885). In der Zwischenzeit veröffentlichte Twain *A Tramp Abroad* (1880) als Verarbeitung eines längeren Aufenthaltes in Europa (1878/79), *The Prince and the Pauper* (1881) und das autobiographische *Life on the Mississippi* (1883). In *Huckleberry Finn* steht die Abenteuerlust der Kindheit noch viel mehr im Zeichen der Zeitkritik, als dies in *Tom Sawyer* der Fall gewesen ist, indem der fliehende Sklave Jim eine tragende Rolle bekommt und Huck Finn ihm bei seiner Flucht hilft.

Der Erfolg der ebenfalls 1885 veröffentlichten *Memoirs of Ulysses S. Grant*, deren Erlös der Familie des verstorbenen Grant zugutekam, verleitete Twain zu dem Irrglauben, Geschäftssinn zu haben, was zu der Katastrophe mit dem „Paige Typesetter" führte, in den er beispielsweise die gesamten Einnahmen investierte, die der *Connecticut Yankee at King Arthur's Court* (1889) einbrachte. Glücklicherweise erwiesen sich auch seine weiteren Veröffentlichungen als Erfolge: *Tom Sawyer Abroad* (1894), *Pudd'nhead Wilson* (1894), *Personal Recollections of Joan of Arc* (1895), *Tom Sawyer, Detective* (1896) und *Following the Equator* (1897).

*Pudd'nhead Wilson* gehört zu Twains inhaltlich herausragenden Werken: Es ist die Verwechslungsgeschichte zwischen zwei neugeborenen Kindern, einem zu fast 100% weißen Sklavenkind und dem Kind des Sklavenhalters. Die Sklavenmutter Roxana vertauscht die Kinder, um es ihrem Sohn zu ermöglichen, unerkannt außerhalb der Sklaverei zu leben, doch der Schwindel fliegt Jahre später auf, als der falsche weiße Sohn eines Mordes bezichtigt wird und der Anwalt „Pudd'nhead" Wilson Nachforschungen anstellt, die die Vergangenheit ans Licht bringen (MILLER 1983: 138ff).

*Following The Equator* von 1897 sollte Twains letztes Werk bleiben.


3.1.2. Seine Philosophie


„Philosoph, Humorist, Spaßmacher und Kinderbuchautor: Diese Klischees kennzeichnen heute das Bild des Schriftstellers Mark Twain" schreibt AYCK in *Mark Twain*. „Der andere Twain, der Antiimperialist, der Sozialkritiker, der Verteidiger der Rechte unterdrückter Völker, der Christentumsgegner – dieser andere Twain ist kaum bekannt geworden" (1974: 7).

AYCK legt großen Wert darauf, daß man Mark Twain als Mischung aus beiden angedeuteten Gesichtern betrachtet und sich nicht dazu verleiten läßt, sich für eins davon zu entscheiden und dies als „den" Twain anzusehen: „Doch Mark Twain nun zum Rebellen und Anführer oder auch zu einem amerikanischen Sozialisten stilisieren zu wollen, wäre eine ähnliche Verkehrung seines Denkens, wie es das Bild vom Kinderbuchautor und harmlosen Humoristen ist" (1974: 7). AYCK stellt Twain dar als einen Optimisten, der an die Demokratie glaubte und der das Zeitalter der Vereinigten Staaten von Amerika als das „glücklichste Zeitalter der Menschheit" ansah (1974: 8). Sein Denken sah Twain in der Realität nicht immer verwirklicht und tat die auftretenden Konflikte pauschal als „Ungerechtigkeit" ab (1974: 7). „Er blieb ein Mann der Stimmungen, ein Mann, der sich im gerechten Zorn und ohnmächtiger Wut, in Phantasie und Witz, in idyllischer Freude, in hellsichtigen Prophezeiungen und melancholischen Betrachtungen, im naiven Zivilisationspathos und in Verachtung der *verdammten Menschenrasse* äußern konnte" (1974: 8). Seine Denkweise führte so weit, daß „Twain (...) es später [liebte], die Genealogie seiner Familie so zu konstruieren, daß einer seiner Vorfahren am Tode des englischen Königs Karl I. beteiligt gewesen war. Er wollte einen demokratischen Stammbaum nachweisen" (1974: 9).

In diversen Werken Twains fällt auf, daß sie seine Ideologie mehr oder weniger deutlich widerspiegeln. Eine sehr typische Eigenschaft von Twains Werken ist aber auch zugleich die Präsentation seines Bewußtseins für die Problematik, die jeder Versuch, herrschende Mißstände zu beseitigen oder einfach entgegen der Normen zu tun, was einem gefällt, mit sich bringt, besonders wenn ein Einzelner allein vorgeht, ohne die Allgemeinheit hinter sich zu haben. Diese Erkenntnis über Twains Denkweise ist unverzichtbar, wenn man sich mit dem *Connecticut Yankee* auseinandersetzen will, der gewissermaßen ein Paradebeispiel für diese Zweigeteiltheit in Twains Kritik darstellt.

Bereits *Tom Sawyer* bietet Ansätze, um auf diese Twain-typische Weise verstanden zu werden. Der Überblick im vorigen Abschnitt hat bereits auf die kindliche Abenteuerlust im Zeichen der Gefahr hingewiesen: Gegen den Freiheitsdrang ist nichts einzuwenden, aber ihm sind Grenzen gesetzt. Etwas deutlicher als in *Tom Sawyer* wird diese Doppelkritik in *Huckleberry Finn*: Der Aspekt der Sklaverei, die durch Jims erfolgreiche Flucht in die Kritik gerät, wurde schon angesprochen. Huck Finn flieht vor der Zivilisation und tut sich mit Jim zusammen. Dabei lernt er mehr in ihm kennen als nur den schwarzen Sklaven: „He learns an important lesson: Jim is a man with feelings and not simply a runway slave (...)" (MILLER 1983: 94). Es bringt allerdings Schwierigkeiten mit sich, eine solche Lektion in Fleisch und Blut übergehen zu lassen, was in einem Dialog zwischen Huck und Toms Tante Sally zum Ausdruck kommt, in dem es um einen Unfall auf einem Dampfer geht. Sally fragt: „Anybody hurt?", und Huck antwortet: „No'm. Killed a nigger." MILLER kommentiert: „He has already forgotten the lesson he had learned (...). But this is as it should be. Huck is still a child (...)" (1983: 99). *Huckleberry Finn* ist daher nicht als Aufschrei gegen Unterdrückung und Sklaverei zu verstehen, sondern eher als subtiles Aufzeigen der Schwierigkeiten, die beim Versuch entstehen, für mehr Gerechtigkeit unter den Menschen zu sorgen (1983: 104).

Genau diese Problematik wird zum Kernelement in *Pudd'nhead Wilson*. Die inszenierte Verwechslungsgeschichte beginnt hoffnungsvoll, nachdem es Roxana gelungen ist, den Austausch der Kinder unbemerkt durchzuführen. Man gewinnt den Eindruck, Twain wolle die Abstempelung eines Menschen nach seiner Klassen- und Rassenzugehörigkeit anprangern, doch die weiteren Entwicklungen rücken den Roman in ein anderes Licht. Nachdem Wilsons Ermittlungen die wahre Identität des Sohnes offenbart haben, wird er in die Sklaverei zurückgeschickt – „(...) precisely the fate that his mother had tried to spare him when she tried to change his identity"(1983: 142).

Trotz dieser kritischen, gewissermaßen doppelt kritischen, Denkweise gilt Twain als Humorist. Vielfach sahen Kritiker seine Werke als komisch an; so heißt es bei MILLER, daß *Pudd'nhead Wilson* stellenweise als „an impressive comic triumph" bezeichnet wurde (1983: 137), und der *Connecticut Yankee* bekommt das Prädikat „Invincible Stupidity" (1983: 113). P. CONN zählt in *Literature in America* (1989) Mark Twain alias Samuel Clemens zu den drei führenden Humoristen Amerikas im späten 19. Jahrhundert, neben P.V. Nasby und Josh Billings (1989: 255). Twain erlangte bereits zu Lebzeiten ein Ausmaß an Ruhm und Bedeutung, das vielen Schriftstellern erst nach ihrem Tod zuteil wurde. Er erlebte dies selbst, wie CONN ausführt: „When he toured to India, he reported that the only two Americans the Indians had heard of were George Washington and Mark Twain (...)" (1989: 255). MILLER bezeichnet Mark Twain schlichtweg als „The Lincoln of Our Literature" (1983: 1).

### 3.2. Das Arthurische am *Connecticut Yankee*

3.2.1. Szenerie und Handlung

„Twain (...) sets his Arthurian story in A.D. 528, to which his main character, the nineteenth-century Yankee Hank Morgan, is transported as a result of an accident" (LACY & ASHE 1988: 184). Damit ist bereits gesagt, wieviel die Szenerie im *Connecticut Yankee* zum arthurischen Charakter des Romans beiträgt: Die Handlung ist am Originalschauplatz in der historisch korrekten Zeit König Arthurs angesiedelt. „Historisch korrekt" ist dabei relativ zu verstehen. Zum einen trifft Twains Datierung durchaus die Zeit, in der der „wahre" Arthur gelebt haben dürfte, wie in Kapitel 2 ausgeführt wurde. Zum anderen ist das „Setting" im *Connecticut Yankee* voll mit historischen Unstimmigkeiten. Dies wird deutlich, wenn man genauer betrachtet, wie das arthurische England von Twain dargestellt wird.

Hank Morgan kommt an einen Ort namens „Camelot" (S. 41), wo sich Arthurs Hof befindet, und dort trifft er auf Charaktere wie „Sir Galahad" oder „Sir Launcelot of the Lake" (S. 54). „Camelot" und „Launcelot" bzw. „Lancelot" sind Kreationen von Chrétien de Troyes im 12. Jahrhundert, „Galahad" entstammt sogar erst dem *Vulgate Cycle* im 13. Jahrhundert (vgl. Kapitel 2). Ähnliches gilt für die Einrichtung des „Round Table" (S. 54) und den Vorgang des „holy grailing", wie es auf Hank Morgans flapsige Weise formuliert wird (S. 97). Ersteres geht zurück auf Wace, letzteres auf Chrétien, beide angesiedelt im 12. Jahrhundert.

In Kapitel 2 wurde bereits ausgeführt, daß die französischen Romanciers ihre arthurischen Dichtungen in einer Szenerie ansiedelten, die der entsprach, die sie aus ihrer eigenen Epoche des Hochmittelalters gewohnt waren. Twain übernimmt in seinem *Connecticut Yankee* diese als „klassisch" geltende arthurische Szenerie und begibt sich damit auf historisch inkorrekten Boden.

Dies beginnt mit der ritterlichen Ordnung am Hofe Arthurs und dem Begriff „knight" selbst – schon in Kapitel 2 wurde ausgeführt, daß diese Phänomene dem Hochmittelalter zuzuordnen sind und gewiß nicht ins 6. Jahrhundert passen. Verstärkt wird dieser Eindruck historischer Unstimmigkeit bei der Betrachtung der Namen mancher Adliger, die in der Erzählung auftreten: So sind die Namen „Sagramor le Desirous" (S. 97), „Demoiselle Alisande la Carteloise" (S. 110) oder „Griflet le Fils de Dieu" (S. 380) französischen Ursprungs, und in der Tat sollte es in England später einmal üblich werden, das Französische im Alltag zu gebrauchen – allerdings erst zu normannischer Zeit, nach 1066, also ein halbes Jahrtausend später. In der Epoche des Übergangs von der römischen Herrschaft zur angelsächsischen Besiedlung konnte davon gewiß noch keine Rede sein.

Ein weiterer Punkt, der in diese Betrachtung aufgenommen werden muß, ist das Phänomen der „Established Roman Catholic Church" (S. 103), auf die Hank Morgan in England stößt. Eine stabilisierte Staatskirche ist im 6. Jahrhundert, historisch betrachtet, ebenso fehl am Platze wie die französische Sprache des Hochadels – in Kapitel 2 wurde ausgeführt, daß die Bekehrung der Angelsachsen zum Ausklang jenes Jahrhunderts überhaupt erst begann, und daß eine Einigung unter der katholischen Kirche erst im 7. Jahrhunderts zustandekam.

Twain präsentiert somit ein England, welches seiner Zeit um mindestens ein halbes Jahrtausend voraus ist. Der Yankee Hank Morgan findet ein System vor, in dem Kirche und König gleichermaßen das Volk regieren, und in dem der Adel hoch über dem einfachen Volk steht. Darüberhinaus gibt es im Text Anzeichen dafür, daß dieses System im Jahr 528 bereits über längere Zeit in der Form existiert hat, z.B. auf S. 273, wo Hank Morgan sich Gedanken über das Verhalten des Königs macht: „He was born so, educated so, his veins were full of ancestral blood that was (...) brought down by inheritance from a long procession of hearts (...)". Interpretiert man diese „long procession" als eine viele Generationen zurückreichende adlige Herkunft, so dringt man in eine Zeit vor, die ohne weiteres ein bis zwei Jahrhunderte vor dem von Twain gewählten Jahr 528 liegen kann, und damit noch in der römischen Epoche, ohne Hochadel.

Was die Handlung im *Connecticut Yankee* angeht, so läßt sich sagen, daß Hank Morgan zwar durch die Umsetzung seiner revolutionären Ideen einige deutliche Veränderungen in die typischen Abläufe bringt, aber dennoch orientiert sich der grobe Rahmen, der in der Hintergrundhandlung in Erscheinung tritt, am klassischen Stoff, speziell zum Ende der Erzählung hin.

Bereits recht früh tritt die Gralssuche als Handlungselement auf, wobei allerdings der wundersame Kelch bei weitem nicht die tragende Rolle spielt, die ihm eigentlich zukommen müßte. Durch die flapsigen Formulierungen Hank Morgans wie „holy grailing", „The boys all took a flier at the Holy Grail now and then" oder „There was worlds of reputation in it, but no money" (S. 97) wird der Eindruck vermittelt, die Gralssuche sei eine Art „Sport" für die Ritter, aber keine weiter ernstzunehmende Betätigung. Die Bedeutung des Grals und das Motiv der Suche gehen verloren.

Was das Ende des Romans angeht, hält sich Twain auch trotz der von Hank Morgan beeinflußten Vordergrundhandlung recht eng an die Vorgaben der klassischen Legende. Dies beginnt mit der heimlichen Beziehung zwischen Guinevere und Lanzelot, die letztlich den Anfang vom Ende darstellt. Erstmals klingt diese Beziehung auf S. 241 an: „Many's the time she had asked me, ‚Sir Boss, hast seen Sir Launcelot about?' but if she ever went fretting around for the king I didn't happen to be around at the time." Was die Folgen der heimlichen Beziehung angeht, bietet sich ein Vergleich an zwischen den Ausführungen von LACY & ASHE auf S. 367 (im Glossar unter *Lancelot*) und der Passage auf den Seiten 379ff im *Connecticut Yankee*, in der Clarence die Vorfälle während der Abwesenheit Hank Morgans schildert. Bei LACY & ASHE heißt es „The affair with Guinevere is not a complete secret, but a tactful silence is generally observed until Agravain and Mordred force it into the open"; Clarence erklärt: „Mordred and Agravaine propose to call the guileless Arthur's attention to Guenever and Sir Launcelot" (S. 380). Weitere Parallelen dieser Art treten im Zuge der Beschreibung der weiteren Vorgänge auf, beispielsweise zwischen „(...) Arthur has to order her execution (...). Lancelot and his followers ride up to rescue her" (LACY & ASHE) und „The king sent the queen to the stake (...). Launcelot and his knights rescued her" (Twain, S. 380). Diese Parallelen führen so weit, daß Arthur auch bei Twain nach Frankreich geht, zurückkehrt um gegen Mordred zu kämpfen und stirbt (S. 382ff). Trotz der von Hank Morgan an der arthurischen Welt angebrachten Veränderungen läuft die Handlung unbeeinflußt so ab, wie sie laut Legende abzulaufen hat.

3.2.2. Symbolik

Einigen Figuren oder Figurengruppen kommen in Twains Roman deutliche Symbolfunktionen zu, verstärkt dadurch, daß ihre archetypischen Eigenschaften (vgl. Kapitel 1) verletzt werden.

Dies beginnt mit dem König selbst. Als Herrscher über das Land steht er an der Spitze des Hochadels, der wiederum hoch über dem einfachen Volk angesiedelt ist. Diese Diskrepanz führt so weit, daß der König und das Volk sich völlig fremd sind, gewissermaßen aus verschiedenen Welten kommen. Twain präsentiert dies durch die Unternehmung Hank Morgans und des Königs, verkleidet als einfache Männer durch das Land zu ziehen. Hierbei hat Arthur deutliche Schwierigkeiten, mit dem Volk zurechtzukommen und sich in es hineinzuversetzen. Bereits auf der Straße ist dies zu merken: „ ‚(...) some quality are coming!' ‚Is that a marvel? Let them come.'"; „He looked as humble as the leaning tower at Pisa" (S. 253); „The king stood, stately as a statue gazing toward them (...). He supposed they would turn aside" (S. 258). Er ist nicht fähig, die Rolle des einfachen Mannes zu spielen. Der Prozeß, ihm die Augen zu öffnen für die Leiden des Volkes unter dem ungerechten System, ist lang und

schwierig, beginnend mit dem Erlebnis in der „Small-pox Hut" (S. 265ff) und gip-
felnd in der Erfahrung des Königs, selbst als Sklave verkauft zu werden und seine
wahre Identität nicht geltend machen zu können (S. 310ff). Wir erleben Arthur nicht
als den großartigen und gerechten König, zu dem die Legende ihn macht, sondern als
typisch feudalistischen Monarchen des Mittelalters.

Twain verleiht seiner Darstellung des Hochadels eine zusätzliche Pointe, indem er
verschiedene Mitglieder der Aristokratie, darunter wiederum auch den König selbst,
als schlichtweg dumm darstellt, so beispielsweise exemplarisch in der „Competitive
Examination" in Kapitel 25: „ ‚How much is 9 times 6?' ‚It is a mystery that is hid-
den from me (...)'"; „ ‚What do you know of the science of optics?' ‚I know about
governors of places (...), but him you call the Science of Optics I have not heard of
before (...)'" (S. 232f). Der König wird durch seine Bemerkungen im bürgerlichen
Hause Marco zum ungebildeten Adligen: „(...) the onion is just an unwholesome ber-
ry (...)"; „(...) plums and other like cereals do be always dug in the unripe state (...)"
(S. 311) – Bemerkungen, die unter dem anwesenden Volk für Panik sorgen.
Arthur und seine Ritter stehen somit bei Twain für eine hochnäsige und ungebildete
Oberschicht.

Betrachtet man sich nun den Konkurrenzkampf zwischen Merlin und Hank Morgan
um das Ansehen als der bessere Magier, so bekommt man einen Einblick in die
Leichtgläubigkeit der damals lebenden Menschen, ungeachtet der Klassenzugehörig-
keit, wenn es um vermeintlich übernatürliche Vorgänge geht. Hank Morgan mit seinem Wissen des späten 19. Jahrhunderts durchschaut Merlin schnell als „Scharlatan",
der seine magischen Fähigkeiten nur vorgibt; genaugenommen glaubt er von Anfang
an an nichts anderes, da sein neuzeitlicher Verstand keine Magie zuläßt: „(...) *Merlin,*
forsooth! That cheap old humbug, that maundering old ass?" (S. 64). Seine Philosophie bezüglich der „Magie" kommt in Kapitel 22 im Zusammenhang mit der Wiederherstellung der „Holy Fountain" zum Ausdruck: „(...) he [Merlin] would never be
able to start the water, for he was a true magician of the time: which is to say, the big
miracles (...) always had the luck to be performed when nobody but Merlin was present (...)" (S. 199). Das Auftreten des „Rival Magician" in Kapitel 24 führt dies zum
Höhepunkt: Zum einen wird die Leichtgläubigkeit des Volkes offensichtlich, indem

niemand auf die Idee kommt, Wahrsagungen wie „The high and mighty Emperor of the East doth at this moment put money in the palm of a holy begging friar (...)" (S. 220) anzuzweifeln, zum anderen entlarvt Morgan den falschen Zauberer ganz offen, indem er ihn mit Fangfragen wie „Then tell me what I am doing with my right hand" (S. 221) in erste Schwierigkeiten bringt und dann durch das Duell der Prophezeiungen, wo König Arthur zwei Tage später sein würde (S. 223) gänzlich bloßstellt. Die Zauberer des Landes mit Merlin an der Spitze werden damit zum Symbol für den Aberglauben im Volk und die Spielereien, die sich damit treiben lassen. Letztlich verdankt es Hank Morgan auch diesen Zuständen, daß er seine Hinrichtung verhindern und seinen Ruf stabilisieren und erhalten kann, indem er die Sonnenfinsternis (Kap. 6, S. 71ff) oder die Wiederherstellung der heiligen Fontäne (Kap. 23, S. 207ff) als magische Vorgänge präsentiert.

In Kapitel 1 sind zum Stichwort „Archetypus" die Figuren „König", „Ritter" und „Magier" mit ihren „archetypischen" oder auch „topischen" Eigenschaften und Symbolfunktionen erwähnt worden, und man erkennt deutlich, wie Twain sich davon abwendet, indem er den König zum unverständigen Unterdrücker macht, der ebenso wie der Ritter keine Bildung besitzt, weil sie wegen der adligen Herkunft nicht erforderlich ist, und indem der Zauberer nicht als weiser Mann sondern als betrügerischer Scharlatan dargestellt wird, der aus der Leichtgläubigkeit des Volkes Profit schlagen will, und sei es nur geistiger.

Eine weitere Symbolfunktion, die nicht den größten Teil der Erzählung durchzieht wie die beiden vorweg entwickelten, die aufgrund ihrer Prägnanz aber dennoch erwähnt werden sollte, kommt Morgan le Fay zu. An ihrem Hof wird Hank Morgan erstmals mit der dunkelsten Seite konfrontiert, die das Mittelalter zu bieten hat, indem er Folterungen und unmenschliche Kerkerzustände zu Gesicht bekommt (Kap. 18, S. 160ff). Bezeichnend ist dies deswegen, weil Morgan le Fay in den meisten Wiedergaben des arthurischen Stoffes das Böse verkörpert, und Twain verwendet sie als Symbol für die düstere Seite des Mittelalters.

### 3.3. Die Botschaft im *Connecticut Yankee*

### 3.3.1. Kritik am System

Die Darstellung von Mark Twain, seinem Werk und seiner Philosophie im ersten Abschnitt dieses Kapitels hat bereits deutlich gemacht, daß es Twain in seinen Romanen gern auf gewisse Weise um Kritik am herrschenden System geht. Welche Art System der Yankee Hank Morgan vorfindet, als er in die Vergangenheit zurückversetzt wird, hat dann die Auseinandersetzung mit den arthurischen Elementen im Roman schon weitestgehend deutlich gemacht: Die mittelalterliche Welt, in der er sich wiederfindet, ist aristokratisch und feudalistisch geprägt. Es gibt eine obere und eine untere Klasse, und der Spalt zwischen beiden ist groß. Das einfache Volk der unteren Klasse wird wie eine niedrigere Ordnung Mensch behandelt. „Für Mark Twain hatte in einem Feudalstaat, in dem sich Kirche und Adel verbanden, das Volk nur Sklavendienste zu verrichten" (1974: 109). Twain selbst sagte, daß das Volk nur dazu da gewesen wäre, „vor dem König, der Kirche und dem Adel zu kriechen, für sie zu schuften, Blut für sie zu schwitzen, Hunger zu leiden (...). Der Dank, den sie für all das erhielten, waren Schläge und Verachtung, und sie waren so feige, daß sie selbst diese Art von Aufmerksamkeit als Ehre betrachteten" (1974: 109).

Twains Ansicht über ein derartiges System wird von AYCK zitiert: „Und *jede* Art von Monarchie (...), *jede* Art von Aristokratie (...) ist rechtlich eine Beleidigung (...). Man könnte sich der Menschheit schämen, wenn man bedenkt, was für ein Kroppzeug stets ohne einen Schatten des Rechts oder der Vernunft auf ihren Thronen gesessen hat (...)" (1974: 109).

Doch auch über die arthurischen Seiten seines Romans hinaus weist Twain reichlich auf das hin, was ihm am mittelalterlichen Feudalstaat mißfällt: Die sarkastische Auseinandersetzung mit dem Begriff „Freemen" in Kap. 13 („They were freemen, but they could not leave the estates of their lord or bishop without his permission (...)"; S. 126), die Armut und Hilflosigkeit des Volkes, die z.B. im Zuge der Tragödie in der „Small-pox Hut" zum Ausdruck kommt (Kap. 29, S. 265ff.), die Situation der Sklaven, in welcher sich Morgan und der König selbst erleben, und diverse kleine Gegebenheiten, die oberflächlich eher wie Nebensachen wirken, bei genauerer Betrachtung aber deutlichen Aufschluß über Twains Kritik am System geben, so beispielsweise der Fall des jungen Paares, das seinen gesamten Besitz verliert (Kap. 25, S. 226ff.), oder der der jungen Mutter, die gehängt wird (Kap. 35, „A Heartrendering Incident", S. 325ff.).

„We sympathize with the prisoners we meet in her [Morgan le Fay's] dungeons, and throughout the novel, we sympathize with the poor and oppressed in general (...) he [Twain] (...) satirized the modern tendency to be nostalgic about the past. His past is a past filled with slaves, squalor and superstition" (MILLER 1983: 134).

Diese Mißstände erlebt der Leser des *Conneticut Yankee* durch die Augen Hank Morgans, des Amerikaners, der daraufhin seine Ideologie in der mittelalterlichen Welt umzusetzen gedenkt. „Mark Twains Roman (...) unterstützt also den Glauben des Amerikaners an seine eigene Vollkommenheit. (...) Aber Twain wollte mit seinem Roman mehr noch erreichen: Er rief die monarchistisch regierten Völker zur Revolution auf" (AYCK 1974: 109).

3.3.2. Kritik an der Revolution

„Auf den ersten Blick scheint Mark Twains Satire selbstgefällig zu sein. Da kommt jemand aus dem 19. Jahrhundert an den Hof König Arthurs und verhöhnt die Rückständigkeit des Rittertums, amüsiert sich über Aberglauben und Unbeholfenheiten, (...) über längst vergangene Sitten und Moralvorstellungen. Auf den ersten Blick scheint also Twains Satire darauf angelegt zu sein, ein breites amerikanisches Publikum in der eigenen Überlegenheit zu bestärken" (AYCK 1974: 107f.).

Die Darstellung von Twains Philosophie als Schriftsteller hat ihn als doppelten Kritiker präsentiert, dem zwar undemokratische Systeme zuwider waren, der sich aber auch der Tatsache bewußt war, daß man etwaige Revolutionen behutsam durchführen muß, damit sie gelingen. So verhält es sich auch im Falle des *Conneticut Yankee*: So sehr man dem Romantext auch anmerkt, daß Twain sein Mißfallen am Feudalismus und der aristokratischen Ordnung in der mittelalterlichen Welt zu äußern gedachte – die Revolution Hank Morgans, so erfolgversprechend sie anfänglich auch aussieht, mißlingt. Das System, welches er abschaffen will, überrollt ihn und setzt ihn außer Gefecht. Zu einem hohen Preis, denn unzählige gefallene Kämpfer gehen auf Morgans Konto.

„Mark Twain wollte zeigen, daß eine demokratische und technisch orientierte Weltsicht vom Bewußtsein des Volkes getragen werden muß. Andernfalls wirkt sie nur zerstörerisch" (1974: 110f.).

Die Vermutung, Twain habe mit seinem Roman auf eine alleinige Glorifizierung des amerikanischen Freiheitsdenkens und die technisch-wissenschaftlich weit entwickelte westliche Welt des 19. Jahrhunderts abgezielt, erweist sich somit als Irrglaube: Zwar wird durch die Augen des Yankee das System kritisiert, das er vorfindet, zugleich aber gerät auch der Yankee selbst ins Feuer der Kritik, und somit seine gesamte angestrebte Revolution. Der Fehler, den Hank Morgan macht, indem er die Revolution als Einzelkämpfer beginnt und dabei hofft, seine Ideologie auf das Volk in Arthurs Land übertragen zu können, kommt am deutlichsten in einer Bemerkung von Clarence zum Ausdruck, welcher Morgan über das Scheitern der Revolution berichtet: „Did you think you had educated the superstition out of these people?" (S. 384). Morgans Bemühungen, das Volk zum demokratischen Denken zu bewegen, waren allesamt sinnlos im Hinblick auf den Aberglauben im Volk und die daraus resultierende leichte Beeinflußbarkeit – ein Erlaß der Kirche, die den größten Feind Morgans darstellt, genügt, um eventuell ins Wanken geratene Gemüter im Volk wieder für das System einzunehmen. Und als es zum Krieg kommt, hat der Yankee zwar die technischen Mittel, jede Armee, die ihn angreift, zu schlagen, aber die von ihm angestrebte Revolution ist dennoch gescheitert.

„Der Fortschritt als Selbstzweck, die Technik als das letzte Ziel des Menschen, die Ratio als Höhepunkt der Evolution: all das fällt in sich zusammen. Die vom Yankee gepriesenen Werte vernichten das Leben" (AYCK 1974: 110).

„Therefore, *A Conneticut Yankee in King Arthur's Court* should not be read as an attack upon the Middle Ages per se, any more than as a satire of modern American values. It is (...) a contrast" (MILLER 1983: 135).

## 4. <u>John Steinbeck: *Tortilla Flat*</u>

### 4.1. Über John Steinbeck

#### 4.1.1. Sein Leben und Werk

„It would almost be an act of folly to write a biographical essay on a man who has ridiculed biography as much as has John Steinbeck" (TAYLOR 1961: 1). Im Auftakt zum ersten Kapitel in TAYLORs Ausführungen erkennt man John Steinbeck als einen Mann, der von biographischen Auseinandersetzungen mit seiner Person nicht sehr viel hielt, der sogar Gefallen daran hatte, der Öffentlichkeit bewußt verfälschte Information über sich selbst zu geben oder geben zu lassen. TAYLOR zitiert Steinbeck, aus einer der wenigen entstandenen Biographien (von Lewis Gannett): „You know as much about me as I do (...). Say anything you like. Make up things. Biography by its very nature must be half fiction" (1961: 2).

TAYLOR hat für seine Arbeit *The Biological Naturalism of John Steinbeck* zahlreiche Fakten über das Leben des Schriftstellers zusammengetragen, die er auf den Seiten 4ff seiner Ausführungen in eine kurze Biographie umgesetzt hat. Unter Bezug auf TAYLOR läßt sich Steinbecks Leben folgendermaßen umreißen:

John Ernst Steinbeck wurde 1902 in Salinas, Kalifornien, geboren. Bereits während seiner High-School-Zeit arbeitete er in den Ferien vielfach auf Farmen in der Umgebung und später auch in einer Zuckerrübenfabrik. Nach dem Abschluß der High School ging er 1920 nach Stanford an die Universität, wo er bis 1925 blieb, ohne allerdings einen Abschluß zu erwerben. Durch sein verstärktes Interesse an Kursen, die mit seinem eigentlichen Studienfach Englisch nichts zu tun hatten (z.B. in Biologie), vernachlässigte er dieses eigentliche Studienfach und verließ nach fünf Jahren Stanford ohne Abschluß. Auch während seiner Studienzeit verbrachte Steinbeck die Ferien in der Regel als Arbeiter auf Farmen und führte ein regelrechtes Vagabundendasein. Dieser Lebensstil setzte sich nach dem Verlassen von Stanford fort, nach einem kurzen Versuch, in New York als Reporter seine schriftstellerische Karriere vorzubereiten. Steinbeck arbeitete als Hausmeister und später in einer Fischaufzucht (bis

1930) und unternahm trotz seiner extremen Armut immer wieder Reisen, von denen er sich schriftstellerischen Erfolg versprach (z.B. nach Mexiko).

Seine finanzielle Situation begann sich erst ab 1935, nach dem Erfolg von *Tortilla Flat*, zu verändern. Seine Reisen führten ihn nun unter anderem auch nach Europa. Dennoch fühlte er sich weiterhin den einfachen Menschen seines Landes verbunden; so mischte er sich beispielsweise unter eine Gruppe armer Wanderarbeiter in Oklahoma, eine Erfahrung, die ihn zu seinem Roman *The Grapes of Wrath* (1939) inspirierte. Während des Zweiten Weltkrieges berichtete Steinbeck als Reporter über die Situation der Soldaten aus diversen Ländern.

TAYLORs Biographie endet mit der Feststellung, daß Steinbecks Werke nach 1947 deutlich an Qualität verloren haben (1961: 42). K. FERRELL (1986) setzt den Überblick über Steinbecks Leben fort (1986: 162ff.): In den sechziger Jahren bereiste er Europa, um Material für einen geplanten Roman über König Arthur zu sammeln, und später Vietnam, woraus eine Kriegsdokumentation resultieren sollte, die aber nie zustandekam. 1967 verschlechterte sich Steinbecks Gesundheitszustand rapide (Rükken- und Kreislaufbeschwerden). Seinen Roman *The Acts of King Arthur* konnte er nicht mehr beenden, denn im Dezember 1968 starb John Steinbeck. Der bis dahin fertiggestellte Teil des Arthur-Romanes wurde 1976 posthum veröffentlicht.

John Steinbeck hat in seinem Leben eine derartige Vielzahl von Romanen und anderen Werken verfaßt, daß es den vorgesehenen Rahmen dieser Ausführungen bei weitem sprengen würde, auf alle oder selbst den größten Teil näher einzugehen. Was den Charakter seiner Werke ausmacht, soll deshalb vielmehr an einigen ausgewählten Beispielen beleuchtet werden.

An dieser Stelle soll auf die Übersicht „The Works of John Steinbeck" bei FERRELL verwiesen sein (1986: 184ff.), in welcher sämtliche Werke Steinbecks mit Erscheinungsjahr und kurzen Kommentaren aufgelistet sind. Zur Auseinandersetzung mit Steinbecks Philosophie, die seinen Werken zu entnehmen ist, soll eine Auswahl von Romanen genügen, auf die im folgenden Abschnitt eingegangen wird.

## 4.1.2. Seine Philosophie

Steinbecks erster Roman, *Cup of Gold*, erschien 1929. Nach Auffassung von S.G. JAIN (1972) handelt es sich dabei um „not a great novel, but (...) a very useful novel, for it delineates Steinbeck's concept of man" (1972: 8). Dieses „Menschenkonzept" ist nach JAIN ein zentrales Element in den meisten Werken Steinbecks. Über *Cup of Gold* schreibt sie: „(...) the hero is not able to merge with the ordinary world and become a group animal; thus he fails to emerge as an ideal man" (1972: 8f). Aus der Geschichte von Henry Morgan, der den Ausbruch aus der Gesellschaft sucht und ein grausamer Pirat wird, spricht das Menschenkonzept, welches von JAIN als auf Steinbeck zutreffend formuliert wird: „Steinbeck believed that 'man is a double thing, a group animal and at the same time an individual. (...) he cannot successfully be the second until he has fulfilled the first.' (...) Steinbeck shows man caught up in the process of living, trying to rise above an individuality which prevents him from becoming a group animal, and trying as a group animal, to retain his individuality" (1972: 1). JAIN versteht Steinbecks Konzept dahingehend, daß es den Menschen in drei Formen wiedergibt: „(...) man just as an individual, man as a group animal, an man as a 'successful individual', or ideal man" (1972: 1). Henry in *Cup of Gold* fällt damit in erstere Kategorie, indem er ausschließlich auf seine Individualität pocht, und nach JAINs Verständnis von Steinbecks Menschenkonzept ist dies als negativ zu werten, da ein „gutes" Individuum zunächst ein „erfolgreiches Gruppentier" sein muß.

*Of Mice and Men* (1937) gehört nach JAIN in dieselbe Gruppe von Romanen Steinbecks wie auch *Tortilla Flat*: „The protagonists of this group of novels are not able to 'split' or have the elasticity that helps man conquer self and adapt to the group" (1972: 3). Die Geschichte der Freunde George und Lennie, letzterer zwar ein Bär von Mann, aber geistig zurückgeblieben, die durch Lennies Unfähigkeit, seine Kraft unter Kontrolle zu halten, tragisch ausgeht, weil erst Lennie eine Frau tötet und dann George selbst seinen Freund umbringt, um ihn vor der Lynchjustiz des Mobs zu bewahren, wird von JAIN interpretiert als „extremely powerful drama: [It] tells of simple dre-

ams of simple people (...) but it also contains larger forces that destroy these dreams
(...)" (1972: 43). George und Lennie werden dabei als eins betrachtet; Lennie ist Georges „symbolic half" (1972: 3). Lennies Tod wird gleichgesetzt mit Georges Tod
(„George's living death (...) is the real tragedy in this novel"; 1972: 48), und die
Kombination aus George und Lennie ist der „Mensch", der, nach Steinbecks Konzept, im Kampf zwischen Gruppenzugehörigkeit und Individualität steckt. Die
Freunde gehen der Gesellschaft aus dem Weg und verfolgen nur ihren Traum von der
eigenen Farm („They are on their way to 'a Ranch' so George can make enough money to buy a piece of land where Lennie (...) can live in peace and safety"; 1972: 42).
Dadurch fallen sie in dieselbe Kategorie wie der Protagonist in *Cup of Gold*; sie können kein erfolgreiches Individuum darstellen, weil sie sich nicht in die Gesellschaft
einbinden können. JAIN hebt hervor, daß niemandem die Schuld für die Tragödie
gegeben werden kann: „(...) when the destruction takes place no one factor can be
held responsible. (...) All (...) elements contribute, (...) but no one can make any of
these, or even a group of these elements, solely responsible for Lennie's death"
(1972: 43f.). Damit wird der Mensch, der den Weg zum Dasein als gutes Individuum
nicht findet, ein Opfer aller beteiligten Umstände, aber weder sein eigenes Verhalten
noch das Verhalten der Gesellschaft ihm gegenüber kann allein verantwortlich gemacht werden.

In *The Grapes of Wrath* (1939) kommt eine weitere Seite von Steinbecks Denkweise
recht deutlich zum Ausdruck: „Steinbeck remained a partisan of the disadvantaged
throughout the rest of his career" (CONN 1989: 414). Durch Lennie in *Of Mice and
Men* ist dies bereits angeklungen, um einiges deutlicher wird es allerdings durch die
Darstellung der „Okies" in *The Grapes of Wrath*. Inspiriert durch seinen Aufenthalt
in Oklahoma unter den dortigen Wanderarbeitern erzählt Steinbeck in diesem Roman
die Geschichte der Familie Joad, die ihren Besitz in Oklahoma verliert und nach Kalifornien zieht, um dort Arbeit zu suchen. Die Wanderung gestaltet sich schwierig, da
sie von zahlreichen meist gewaltsamen Zwischenfällen durchsetzt ist, dasselbe gilt
für den Versuch, in Kalifornien ein neues Leben zu beginnen.

„Man in this novel faces two adversaries – the self and society" (JAIN 1972: 67).
„[It] is the epic of man's struggle to survive in the face of hostile forces within and

without. It is the story of all mankind as it learns to live with the terror of life" (1972: 68). Nichtsdestotrotz führt der Kampf hier zum Erfolg – „(...) victory is achieved over both; man at the end of *The Grapes of Wrath* is what Steinbeck asserted man can be as early as *Cup of Gold*" (1972: 67). Wir erleben in diesem Roman Steinbecks somit das erfolgreiche Individuum, welches das Stadium des Gruppentieres durchlaufen und den Weg zur Individualität, wenn auch im Angesicht zahlreicher Konflikte und Komplikationen, gefunden hat.

Auf den Punkt gebracht kann man Steinbecks Konzept vom Menschen folgendermaßen formulieren: Der Mensch findet in dem Moment Zufriedenheit mit sich selbst, in dem er erfolgreich zum Individuum geworden ist. Dieses Stadium kann er allerdings nur erreichen, wenn er vorher als Gruppentier ebenfalls erfolgreich war. Das Gruppentier-Stadium bringt den Menschen in Einklang mit der Gesellschaft um ihn herum, und erst sobald er diesen Zustand erfolgreich erreicht hat, kann der Prozeß der Individualisierung ebenfalls Erfolg haben, denn diese funktioniert nur vor dem Hintergrund eines gesunden Verhältnisses zur Gesellschaft.

Es sollte an dieser Stelle nicht unerwähnt bleiben, daß LACY & ASHE den Roman *The Acts of King Arthur* in eine ähnliche Richtung bewerten wie JAIN die anderen Romane Steinbecks: „In the course of the work Steinbeck increasingly emphasizes the futility and disillusionment of much chivalric activity, as many knightly efforts are doomed to failure, while many of the successes are hollow and unsatisfying" (LACY & ASHE 1988: 197). Man erkennt, wie auch aus diesem Ritterroman das Konzept vom Gruppentier auf der Suche nach Individualität spricht.

## 4.2. Das Arthurische an *Tortilla Flat*

### 4.2.1. Malorys Einfluß

„Als neunjähriger Junge erhält er [Steinbeck] (...) sein erstes, eigenes Buch, eine Ausgabe von Thomas Malorys *Morte d'Arthur* (...), und dieses Werk hinterläßt bei dem jungen Steinbeck in Form, Sprache und Inhalt einen tiefen, geradezu lebensbegleitenden Eindruck" (Nachwort zu *Tortilla Flat*, S. 256).

Schon an dieser Stelle ist offensichtlich, daß Steinbeck von Malory und dessen Werk begeistert gewesen sein muß und daß alles, was im Werk Steinbecks „arthurisch" genannt werden kann, durchaus auf Malory zurückzuführen ist. *Tortilla Flat* sollte dabei nicht der einzige arthurische Roman bleiben: Schon im Abschnitt über Steinbecks Leben war die Rede von dem unvollendeten *The Acts of King Arthur*, wofür er sogar über längere Zeit Recherchen in England durchführte. LACY & ASHE beschreiben den Roman wie folgt: „(...) it started out as a retelling of Malory and became something entirely different, with changes of detail and emphasis" (1988: 197). Diese Formulierung stellt klar heraus, daß Steinbeck zwar von Malory beeinflußt war, aber bestimmt nicht schlichtweg die Vorlagen seines Idols nachzuerzählen gedachte. Es schien ihm durchaus wichtig zu sein, den Stoff mit seiner eigenen Denkweise zu vermischen.

Gerade dafür ist *Tortilla Flat* ein äußerst gutes Beispiel, indem das Arthurische sich nicht, wie bei Twain, in der Szenerie niederschlägt. Steinbeck siedelt seine Erzählung im Umfeld der Stadt Monterey in Kalifornien an und läßt dort lediglich „arthurische Dinge" passieren (vgl. 4.2.2.). Malory macht sich im Fall von *Tortilla Flat* in anderer Hinsicht bemerkbar: Im Nachwort heißt es, Steinbeck habe „in seinen Erzählungen Sprach- und Formparallelen zu jenem Sagenkreis entwickelt" (S. 256), als Beispiel wird auf die „Anredeformeln" der Paisanos verwiesen (vgl. S. 18: „Thou art a drunken liar"; „Thou art the only grandson"). Eine noch viel deutlichere Parallele zu Malorys *Morte Darthur* stellen die Überschriften der Kapitel in *Tortilla Flat* dar; man vergleiche beispielsweise die Betitelung des ersten und vierzehnten Kapitels („How Danny, home from the wars, found himself an heir, and how he swore to protect the helpless", S. 11; „Of the good life at Danny's house, of a gift pig, of the pain of Tall Bob, and of the thwarted love of the Viejo Ravanno", S. 185) mit Malorys Stil in den Überschriften (z.B. Kap. 12 im zweiten Buch: „How a sorrowful knight came before Arthur, and how Balin fetched him, and how that knight was slain by a knight invisible", S. 60; oder Kap. 29 im achten Buch: „Of the wedding of King Mark to La Beale Isoud, and of Bragwaine and her maid, and of Palamides", S. 278). Die Anlehnung Steinbecks an Malory ist deutlich zu erkennen; auch JAIN geht kurz darauf ein (1972: 32). Da bereits entwickelt wurde, daß Steinbeck eine echte Begeisterung für Malorys Werk und die romantische Art der Legendenwiedergabe empfand, besteht auch zugleich kein Zweifel daran, daß er mit dieser deutlichen Anlehnung keine Satire bezweckte wie Twain, sondern daß er in der Tat seinen Respekt gegenüber Malory auszudrücken gedachte.

Auch wenn diese Ausführungen deutlich machen, daß Steinbeck sich dem Arthurischen auf besondere Weise verbunden sah, ist damit *Tortilla Flat* selbst allerdings noch nicht als arthurisch gerechtfertigt. Diese Eigenschaft liegt nach den Vereinbarungen in Kapitel 1 woanders, nämlich im Inhalt, genauer bei den handelnden Personen, die „arthurisch" zu sein haben. Allein die stilistischen Ähnlichkeiten mit *Morte Darthur* bedeuten aber noch nicht zwangsläufig, daß auch arthurische Elemente auf der Ebene des Inhalts vorhanden sind. Dennoch sind die Gemeinsamkeiten mit Malory eng verbunden mit dem tatsächlich arthurischen Gehalt des Romans: „Steinbeck läßt sich hier nachweislich dazu verleiten, die Charakterentwicklung und den Lebensweg seiner Hauptfigur Danny mit einer von ihm ständig mitgedachten, literarischen Handlungsparallele aus Malorys mittelalterlichem Epos *Morte d'Arthur* zu verquicken" (Nachwort zu *Tortilla Flat*, S. 266). Steinbeck wurde durch Malory also nicht nur in bezug auf Stil, sondern auch in bezug auf Inhalt beeinflußt. Der folgende Abschnitt wird dies eingehender entwickeln.

Diesem Abschnitt liegt zusätzlich als Primärquelle zugrunde:

Sir Thomas Malory: *Le Morte d'Arthur, Vol. I*. London: Dent (1967)

4.2.2. Personen und Handlung

„(...) Danny's house was not unlike the Round Table, and Danny's friends were not unlike the knights of it" (Vorwort zu *Tortilla Flat*, S. 5)


Unter denen, die keinen Besitz haben, kann derjenige, der unverhofft zu Besitz kommt, gewissermaßen als „König" bezeichnet werden. Handelt es sich bei diesem Besitz nun zufällig um ein Haus, so hat der „König" auch gleich ein „Schloß" oder eine „Burg". Hieran erkennt man, welche Rolle Danny in *Tortilla Flat* zukommt: Er stellt die in Monterey ansässige Parallele zu König Arthur dar, denn durch seine Erbschaft wird er zum König im Schloß. Nach und nach bekommt er immer mehr Mitbewohner, mit denen er sein Haus teilt, beginnend mit seinem besten Freund Pilon, bis hin zu Personen, mit denen er selbst vor deren Einzug in sein Haus nichts zu hatte (z.B. Jesus Maria oder der Pirat). Durch das schrittweise Anwachsen dieses Freundeskreises im eigenen Haus erkennt man die Anlehnung an die Tafelrunde König Arthurs, die ebenfalls nach und nach gewachsen ist, beginnend mit Arthurs Ziehbruder und engem Freund Kay bis hin zu Rittern, die von überall herkamen, um Arthur dienen zu dürfen. Somit gibt es auch hier zwischen Danny und Arthur Parallelen, denn beide genießen einen Ruf, der Fremde dazu bewegt, sich ihnen anzuschließen – Arthur als König Englands, zu dessen Tafelrunde zu gehören eine Ehre für jeden Ritter des Landes darstellt, und Danny als Eigentümer eines Hauses, in dem ein obdachloser Paisano Unterschlupf finden kann.

Die Paisanos in Dannys Haus werden somit zu den Rittern der Tafelrunde. „(...) [man] entdeckt (...) die Ritter der Artus-Sage in Danny und seinen Freunden einschließlich (...) der geradezu parasitären Art der Freunde (wie einst die Ritter), das Produkt der Arbeit anderer in ihrem müßiggängerischen Leben ganz selbstverständlich zu verbrauchen" (Nachwort zu *Tortilla Flat*, S. 266). JAIN spricht sogar von „various deeds of chivalry the friends indulged in" (1972: 28). Dannys Rolle als König Arthur wird dabei noch dadurch unterstrichen, daß er sich aus den meisten Aktivitäten seiner bei ihm wohnenden Freunde heraushält und sein eigenes Leben lebt, wie auch Arthur an den Abenteuern seiner Ritter nicht selbst teilgenommen hat. Wenn nun die Paisanos die Ritter der Tafelrunde darstellen, die am „Hofe" ihres „Königs" Danny leben, so fragt man sich, inwieweit ihre Abenteuer mit denen der tatsächlichen Ritter der Tafelrunde übereinstimmen, oder inwieweit sie denen zumindest ähneln. In erster Linie wird man dabei nach einer möglichen Gralsgeschichte suchen.

Daß Dannys Freunde vielfach auf der Suche sind, ist nicht von der Hand zu weisen. Allerdings suchen sie nach vielen verschiedenen Dingen, und es muß geklärt werden, ob eines davon dem Gral in der Legende ähnelt, und wenn, dann welches. Im Nachwort des Romans wird die These vertreten, daß „die Vorstellung vom Gralsschatz in ironischer Verkleidung in Pilons 'geodetic survey maker' wiedergefunden [wird]" (S. 266). Ob dies von Steinbeck wirklich so gedacht war, ist fraglich. Immerhin besteht kein Zweifel daran, daß er ein ernsthafter Bewunderer Malorys und des Arthur-Stoffes war; eine „ironische Verkleidung" für einen so wichtigen Teil der Legende wie die Gralssuche würde dem widersprechen und eher zu Twain passen.

Es ist eher denkbar, daß, wenn denn eine von Steinbeck intendierte Gralsgeschichte in *Tortilla Flat* zu finden ist, diese im Zusammenhang mit dem Schatz des Piraten und der goldenen Kerze, für die dieser Schatz gedacht war, gesucht werden sollte. So erwähnt denn auch JAIN, die am Rande ihrer eigenen Betrachtungen auch kurz auf die arthurische Seite des Romans eingeht, zwar nicht den „geodetic survey maker", aber den Schatz des Piraten: „Danny and his friends had invited the Pirate because of the money they knew he had. But when the Pirate tells them that the money was for offering a gold candle to St. Francis (...), the friends guard the money until the candle is offered" (1972: 28). Die Rolle des Grals würde dabei der Kerze zukommen, denn sie ist das Objekt der „Suche", die durch das mühsame Ansparen und sichere Verstecken des Geldes symbolisiert wird. Die Suche ist in dem Moment beendet, in dem das Geld reicht, um die Kerze zu kaufen („'Pirate,' Danny cried,' there are seven over a thousand! Thy time is done! The day is come for thee to buy thy candlestick for San Francisco!'"; S. 159).

Die Paisanos werden somit alle zu Gralssuchern, allen voran jedoch der Pirat, dem auch ein gewisser Parzivals-Charakter nicht abgesprochen werden kann, indem er als fremdartig und scheu dargestellt wird: „There was a shrinking in the Pirate's eyes when he confronted any grown person, the secret look of an animal that would like to run away if it dared to turn its back long enough. Because of this expression, the paisanos of Monterey knew that his head had not grown up with the rest of his body" (S. 73).

Man erkennt das Motiv des „Sonderlings" (vgl. Kap. 1 und Kap. 5).

Alles in allem sind in den Charakteren und in den Vorgängen in *Tortilla Flat* gewisse Parallelen zum klassischen Arthur-Stoff zu erkennen, so daß es gerechtfertigt ist zu sagen, Steinbeck habe seine Bewunderung für Malory nicht nur im Stil des Romans, sondern auch in dessen Inhalt zum Ausdruck gebracht.

## 4.3. Die Botschaft in *Tortilla Flat*

### 4.3.1. Steinbecks Menschenkonzept

Es wurde bereits angeführt, daß JAIN *Tortilla Flat* in eine Gruppe mit dem Roman *Of Mice and Men* einordnet. Zu derselben Gruppe zählt sie auch *In Dubious Battle* (1936) als dritten Roman (1972: 2). Nach ihrer Auffassung vermitteln alle drei Romane denselben Teil von Steinbecks Menschenkonzept, nämlich den Menschen, der zu einer festen Gruppe gehört, dann aber seine Individualität sucht und scheitert: „(...) the protagonists of these novels, in the beginning, have a group of their own. For example Danny in *Tortilla Flat* has his paisano friends, Jim Nolan in *In Dubious Battle* works for the party, and George in *Of Mice and Men* labors for his mentally retarded friend, Lennie" (1972: 27). „All the novels of this phase dramatize society's predatory nature that bruises and hurts individual man, and prevents him from adjusting himself to the group" (1972: 2f.). JAIN zitiert Steinbeck: „civilization will split up a character and he who refuses to split goes under" (1972: 3).

Den Protagonisten aller drei Romane widerfährt ein mehr oder weniger gemeinsames Schicksal: „Danny, the hero of *Tortilla Flat*, commits suicide because the world was not worthy of him; the hero of *In Dubious Battle* is murdered; and the hero of *Of Mice and Men* is forced to kill his symbolic half" (1972: 3). Diese Protagonisten unterscheiden sich damit beispielsweise von Henry Morgan in *Cup of Gold*, der nie zu einer Gruppe gehörte und ständig nur darauf bedacht war, seine Individualität zu erhalten, genauso wie von der Familie Joad in *The Grapes of Wrath*, über die bereits angeführt wurde, daß ihnen die Bewältigung des Konfliktes zwischen Gruppenanpassung und Individualitätssuche gelingt, sie also nach Steinbecks Auffassung „ideale Menschen" sind.

Dannys Konflikt, dessen Bewältigung ihm nicht gelingt, liegt in der Konfrontation der kleinen Gruppe der Paisanos mit der weitaus größeren Gruppe der Gesellschaft, „a larger, more powerful group of men, called 'group-man' by Steinbeck" (1972: 27). Diese größere Gruppe kollidiert mit der kleinen Gruppe, zu der der Protagonist bereits gehört. JAIN beschreibt Dannys Charakterentwicklung als Resultat dieser Kollision, welche mit der Erbschaft der zwei Häuser beginnt: „Danny seems to have no respect for the world that respects man for having wealth. But when Danny returns from the army, he himself becomes respected due to his inheritance of the two houses. Finding no way out, Danny settles down half-heartedly to his new role" (1972: 29). Daß Danny nun selbst „wohlhabend" ist, zumindest im Vergleich zu seinen Freunden, behagt ihm nicht, widerspricht seiner Weltanschauung. „Danny's anguish and his realization of his defeat by a world whose values are different from his own grows steadily" (1972: 29f.). Es kommt zu der in Steinbecks Menschenkonzept verankerten Entwicklung: „Unable to adjust to the larger group, the protagonists, in anger or disgust, separate themselves from all groups" (1972: 27). Danny, noch nie ein Mitglied der den Paisanos übergeordneten Gesellschaft von Monterey gewesen, wird nun auch seinen Freunden immer fremder: „'Perhaps he is mad,' Pilon suggested. 'Some secret worry may have turned his wit.'" (S. 205); „'Danny is getting bad,' Pilon said seriously. 'He will not come to a good end.'" (S. 213).

Schließlich sucht Danny den letzten Ausweg: „(...) [he] challenges the world he is powerless to subdue by creating his own death" (JAIN 1972: 30f.). Damit ist er gescheitert – er war weder ein erfolgreiches Gruppentier, noch ein erfolgreiches Individuum, und der einzige Ausweg aus dieser Misere ist der Tod, genauso wie in *In Dubious Battle* und symbolisch in *Of Mice and Men*. Diese Formulierung der Botschaft in *Tortilla Flat* kann sehr treffend ergänzt werden durch eine Formulierung im Nachwort des Romans:

„Das Zusammensein der 'paisanos' wirkt wie ein Loblied auf die Freundschaft. Diese müßiggängerische Gruppe kurzfristig seßhaft gewordener Vagabunden, die in einem geradezu antimaterialistischen Lebensrahmen rund um ihr Haus der rauhen Kälte des von materiellen Werten bestimmten Lebens in den USA die Stirn bieten und den vorgeblichen Annehmlichkeiten der Zivilisation eine klare Absage erteilen, um ihren eigenen, aber exzentrischen Lebensgefühlen Raum zu geben, hält der konventionellen Gesellschaft einen kritischen Spiegel entgegen: Sie leben eine Parodie auf die üblichen Wertnormen, sie huldigen einer kontemplativen Weltansicht als Alternative zum hektischen sinnentleerten Materialismus" (S. 265).

Hieraus spricht ebenfalls der Konflikt Dannys, der sich im Zwiespalt zwischen seinen Paisano-Freunden und der bürgerlichen Gesellschaft befindet, die sich derart diametral gegenüberstehen. Aus diesem Zwiespalt resultiert sein Versagen als Gruppentier, und daraus nach Steinbecks Konzept wiederum sein Versagen als Individuum.


4.3.2. Allegorische Gleichsetzung


Steinbeck hat seine Paisanos als eine Gruppe von Menschen präsentiert, die im Konflikt mit der Gesellschaft steht, woran Danny als Held der Geschichte zugrunde geht. Damit hat Steinbeck einen Teil seines Konzepts vom Menschen vermittelt. Nun ergibt sich die Frage, ob dies Steinbecks einzige Intention hinter *Tortilla Flat* gewesen ist – immerhin fällt der Roman, wie erwähnt wurde, in eine Gruppe mit zwei anderen, in denen die Protagonisten ähnliche Schicksale erfahren wie Danny, so daß insgesamt drei Erzählungen mehr oder weniger dieselbe „oberflächliche" Botschaft entnommen werden kann. Die Suche nach einer zweiten, „tieferliegenden" Botschaft in *Tortilla Flat* erscheint somit sinnvoll.

Eine solche läßt sich in der Tat finden, wenn man das Augenmerk darauf richtet, daß *Tortilla Flat* arthurisch ist, und auf welche Weise. Unter 4.2.2. ist entwickelt worden, daß die Paisanos die Rolle der Ritter der Tafelrunde spielen, mit Danny als König an ihrer „Spitze". Diese Parallelität zwischen *Tortilla Flat* und der Arthur-Legende setzt Ritter und Paisanos gewissermaßen gleich. Hierbei ist auch das bezeichnend, was unter 4.2.2. schon angeführt wurde, nämlich die „parasitäre Art", die Paisanos und Rittern gemeinsam ist. Beide sind sich somit ähnlicher, als man auf den ersten Blick denkt, nur die Gesellschaft schaut sie mit unterschiedlichen Augen an. Steinbeck wollte also entweder die einfachen Paisanos auf das Niveau der noblen Ritter hinaufheben, oder aber im Gegenteil die noblen Ritter auf das Niveau der einfachen Paisanos herunterdrücken; zumindest suggeriert er durch die Parallelität zwischen *Tortilla Flat* und dem Legendenstoff, daß zwischen den Paisanos und den Rittern eigentlich kein Unterschied besteht, auch wenn es nach außen hin schon danach aussieht. JAIN wagt eine konkrete Aussage: „(...) the mythic parallel creates a burlesque of epic which brings the knights down to the level of Danny and his friends, and not vice versa" (1972: 32). Dies erscheint durchaus sinnvoll, wenn man sich ins Gedächtnis zurückruft, daß Steinbeck von CONN als „partisan of the disadvantaged" bezeichnet wird (vgl. 4.1.2.). Als Freund des einfachen Menschen sah er keine Notwendigkeit, eben diesen einfachen Menschen auf ein höheres Niveau zu heben, denn das einfache Niveau, auf dem dieser Mensch sich befindet, war in seiner Anschauung nicht verwerflich und keine Schande. Der einfache Mensch ist in erster Linie ein Mensch, und jeder Mensch ist dem Konzept unterworfen, das Steinbeck vom Menschen erstellt hat; jeder Mensch steht vor der Herausforderung, den Weg zum erfolgreichen Individuum über das Stadium des erfolgreichen Gruppentieres finden zu müssen. Dies gilt für den Paisano auf den Straßen von Monterey ebenso wie für den Ritter am Hofe König Arthurs. Der Ritter mag durch seine Position im System dem Obdachlosen äußerlich um einiges überlegen sein, aber sobald es zu rein menschlichen Aspekten des Daseins kommt, wie eben zum von Steinbeck immer wieder dargestellten Konflikt zwischen Gruppenzugehörigkeit und Individualität, unterscheiden sich beide nicht mehr voneinander, da sie mit derselben Problematik zu kämpfen haben. „Vor dem Schicksal sind alle Menschen gleich", könnte man an dieser Stelle sagen. Der Adlige und der Obdachlose sind ohne Rücksicht auf ihre gesellschaftliche Stellung dem Willen oder auch Unwillen des Schicksals gleichermaßen ausgeliefert, und für beide gestaltet sich der Weg zum „idealen Menschen" nach Steinbeck dementsprechend schwierig.

Somit wird in *Tortilla Flat* Steinbecks Menschenkonzept nicht nur übermittelt, sondern es wird zugleich auch angewandt, um den Menschen zu bewerten. Steinbeck hat uns mit diesem Roman eine Allegorie präsentiert, in der wir die Paisanos als den Rittern gleichwertig erleben, woraus wir unsere Lehren ziehen sollen, und zwar dahingehend, daß auch die Nobelsten „nichts weiter" sind als Menschen, die einem Wein trinkenden Obdachlosen auf der Straße um nichts überlegen sind.

# 5. Bernard Malamud: *The Natural*

## 5.1. Über Bernard Malamud

### 5.1.1. Sein Leben und Werk

Die Chronologie in *Bernard Malamud* von S.J. HERSHINOW (1980) umreißt das Leben des Schriftstellers wie folgt:

Bernard Malamud wurde 1914 in New York geboren. Nach Abschluß der High School (1932) besuchte er das City College of New York und erwarb 1936 den Bachelor-Abschluß. Er wechselte zur Columbia University und betätigte sich neben seinem dortigen Studium als Büroangestellter in Washington D.C. (1940) und als Lehrer für Abendkurse an der High School (ab 1940). Zusätzlich begann er 1941 mit dem Schreiben von Kurzgeschichten. 1942 erwarb er den Master-Grad an der Columbia University. 1948 wechselte Malamud als Lehrer von der Erasmus Hall High School zur Harlem Evening School, und 1949 ging er nach Oregon, um dort am State College zu unterrichten.

Seine Veröffentlichungen machten Malamud im Laufe der nächsten Jahre zum Mitglied in diversen akademischen Instituten, so z.B. in der „Partisan Review Fellowship" (1956/57), der „Ford Foundation Fellowship" (1959), dem „National Institute of Arts and Letters" (1964) oder der „American Academy of Arts and Sciences" (1967). Weiterhin trat Malamud der Englisch-Fakultät am Bennington College in Vermont bei (1961) und wurde Gastdozent an der Universität Harvard (1966 bis 68).

HERSHINOWs Chronologie endet im Jahr 1979, noch zu Malamuds Lebzeiten. Beim Blick ins Lexikon (*Longman Dictionary of English Language and Culture*) findet man seinen Tod auf 1986 datiert (S. 803).

Die schriftstellerische Karriere Malamuds begann mit dem Erscheinen seiner ersten Kurzgeschichten „Benefit Performance" und „The Place is Different Now" im Jahr 1943. Weitere Kurzgeschichten erschienen in Blättern wie *Harper's Bazaar*, *Partisan Review* und *Commentary* (um 1950). *The Natural* (1952) schließlich war Malamuds erster Roman. „[It] differs markedly from his later works" (HERSHINOW 1980: 16).

Der Roman, der Gegenstand der Untersuchung in diesem Kapitel sein soll, ist also nicht unbedingt als ein typisches Werk von Bernard Malamud anzusehen. Schon der zweite Roman, *The Assistant* (1957), schlägt eine andere Richtung ein, indem ein jüdischer Protagonist auftritt, dessen Leben und Probleme als Krämer in New York geschildert werden. Morris, der Jude, wird in seinem Laden überfallen, und einer der Täter, Frank, bekommt ein schlechtes Gewissen, weil er Morris' Armut registriert, und läßt sich von ihm als Assistent anstellen, um seine Tat wiedergutzumachen. Es kommt zu diversen Konflikten zwischen dem Juden und dem Nicht-Juden („Ida [Morris' wife] is outraged at having a goy (non-Jew) in her house", 1980: 30) und zwischen dem Herzensguten und dem Kriminellen („One day Morris catches Frank stealing money (...) and tells him to leave", 1980: 30). *The Assistant* wurde 1958 mit dem „Rosenthal Foundation Award of the National Institute of Arts" ausgezeichnet.

Nach der Kurzgeschichtensammlung *The Magic Barrel* (1958), welche ebenfalls eine Auszeichnung bekam („National Book Award"), erschien 1961 der Roman *A New Life*. Die Geschichte des Juden Levin, der den Osten der USA verläßt, um im Westen ein neues Leben als Englischlehrer zu beginnen, wird von HERSHINOW bezeichnet als „Malamuds first attempt at social satire" (1980: 49). Das „neue Leben" Levins mißglückt in mehrfacher Hinsicht: Er verliebt sich in eine verheiratete Frau, und seine Versuche, das Englisch-Department an seinem College zu reformieren, schlagen fehl. Nach Komplikationen und Intrigen verläßt er Cascadia, den Ort seines „neuen Lebens", zusammen mit eben jener Frau, für die er aber nichts mehr empfindet. „Sy Levin is a comic bumbler whose search for a meaningful life is continually thwarted by the interplay of his idealistic, naive wit with an inner sense of guilt and self-hate" (1980: 51).

Im Anschluß an eine weitere Kurzgeschichtensammlung, *Idiots First* (1963), folgte 1966 der Roman *The Fixer*, der wiederum den „National Book Award" als Auszeichnung erhielt. Auch in diesem Werk geht es um einen jüdischen Protagonisten, den Russen Yakov Bok, der, des Judentums überdrüssig, unerkannt ein neues Leben beginnen will. Gegenstand der Erzählung sind die Schwierigkeiten, mit denen er dabei konfrontiert wird, bis hin zur unschuldigen Inhaftierung, nachdem ein Christenjunge ermordet wurde. „Bok is another of Malamud's poor Jews whose life seems to be an unending struggle to make ends meet" (1980: 63).

Auch in Malamuds weiteren Werken spielen Juden zentrale Rollen: *Pictures of Fidelman: An Exhibition* (1969) stellt eine Sammlung von Kurzgeschichten dar, die allesamt Arthur Fidelman als zentrale Figur haben und von Malamud als Sammlung von Bildern in einer Ausstellung gedacht waren (1980: 76).

*The Tenants* (1971) präsentiert als Protagonisten zwei Schriftsteller, einen Juden und einen Schwarzen, die sich als letzte Bewohner eines abbruchreifen Mietshauses vor der Öffentlichkeit verstecken, um ihre Romane zu verfassen, und Freunde, später Feinde werden und sich letztlich gegenseitig umbringen. „Both fail to bridge the gap between art and life" (1980: 93).

*Dubin's Lives* (1979) schließlich entfernt sich wieder vom Judentum und schildert die Beziehung zwischen dem fünfzigjährigen Biographen Dubin und seiner jungen Haushaltshilfe, sowie die Auswirkungen dieser Beziehung auf Dubins Ehe und seine gesamten Lebensumstände. „*Dubin's Lives* is a long and ambitious novel about love, marriage, old age, and youth" (1980: 101).

## 5.1.2. Seine Philosophie

„The Jews are absolutely the very *stuff* of Drama."
(Zitat Bernard Malamud in RICHMAN 1966: 17)

Wie der voranstehende Überblick über Malamuds Werke gezeigt hat, ist den meisten seiner Romane und Geschichten gemeinsam, daß jüdische Protagonisten auftreten und daß somit das Judentum eine zentrale Rolle spielt. Als Sohn jüdischer Einwanderer aus Rußland (HERSHINOW 1980: 3) hatte Malamud eine persönliche Beziehung zu dieser Thematik. Zusätzlich waren seine Eltern arm, sie lebten von den Einnahmen aus einem kleinen Lebensmittelladen in Brooklyn (1980: 3). Damit erkennt man sowohl einen Bezug zu *The Fixer* (Herkunft der Eltern) als auch zu *The Assistant* (Lebensumstände).

Den in Malamuds Werken auftretenden Juden ist eines gemeinsam: „[They] struggle in a pitiful existence" (1980: 8). HERSHINOW führt weiter aus: „(...) the Jew becomes a metaphor for the good man striving to withstand the dehumanizing pressures of the modern world"; Malamuds Juden faßt er zusammen als „Jews, representative of mankind, living in poverty and undergoing existential anguish" (1980: 8). Seinen Werken kommt dadurch ein gewisser autobiographischer Charakter zu, durch die Verarbeitung und Präsentation dessen, was er bzw. seine Familie selbst erlebt hat. Unter diesem Aspekt kann es als ein wesentlicher Teil von Malamuds schriftstellerischer Philosophie angesehen werden, die Situation des Juden in der Gesellschaft darzustellen.

Ein weiteres wesentliches Element in Malamuds Werken ist nach A. KOLBE (1991) das Geben und Nehmen zwischen den auftretenden Charakteren. KOLBE führt ausführlich aus, wie die verschiedenen Formen des Gebens und Nehmens in den Romanen und Kurzgeschichten Malamuds zutage treten, wobei sie unterscheidet zwischen erfolgreichem (1991: 37ff.), verzögertem (1991: 69ff.) und gescheitertem (1991: 134ff.) Geben und Nehmen, und sie kommt unter anderem zu dem Schluß, daß das gescheiterte Geben und Nehmen die bei Malamud am häufigsten auftretende Form dieser Transaktion ist (1991: 265ff.). Nach KOLBE ist dies auch nicht verwunderlich, da das gescheiterte Geben und Nehmen gut in Einklang zu bringen ist mit einer Reihe von Thematiken, die ihren Ausführungen zufolge in Malamuds Werken zentral sind: „Zu den bereits bekannten thematischen Bereichen zählen die Auseinandersetzung kleiner Gemischtwarenhändler mit dem Erfolgsmythos des modernen Amerika, Generationskonflikte, problematische Beziehungen von Mann und Frau sowie von Lehrer und Schüler in dem Bereich der Arbeit, Probleme, die das Alter mit sich bringt, die Beziehungen vor allem der jüdischen Vergangenheit zur Gegenwart, der Kontrast zwischen Illusion und Realität oder auch die Schwierigkeiten eines dem Judentum verbundenen Lebens mit dem weltlichen Amerika" (1991: 266). Diese Ausführungen lassen Malamud zugleich als einen Menschen erkennen, den Konflikte allgemein bewegen, nicht nur die, die das Judentum mit sich bringt. Diese Konflikte, die er in seinen Werken verarbeitet, sind die einzelner Leute mit sich selbst und ihrem Leben, und sie sind auf den ersten Blick eher nebensächlicher Natur. KOLBE verweist dabei auf einen allgemeinen Trend in der amerikanischen Literatur, sich vom Außergewöhnlichen (als Beispiele nennt sie Hawthorne, Melville und Poe) zum Alltäglichen zu bewegen (1991: 1) und zitiert dabei auch Malamud selbst: „(...) no subject or theme is 'verbotten'; and any theme, however slight, in the right hands may be embodied in a work of art (...)" (1991: 2).

## 5.2. Das Arthurische an *The Natural*

### 5.2.1. Die klassische Gralsgeschichte

HERSHINOW schreibt: „(...) Malamud distilled the heroic component of the game [baseball] as a measure of man, similar in nature to (...) the Arthurian quest for the Holy Grail" (1980: 16). Da wir es bei *The Natural* also offensichtlich mit einer Anlehnung an die arthurische Gralsgeschichte zu tun haben, ist es sinnvoll, vorweg einen Blick auf die klassische Version dieser Geschichte zu werfen, um Malamuds Roman analysieren zu können.

LACY & ASHE bezeichnen den Gral als „the goal of a quest by Arthur's knights" sowie als „special and sacred one with a supernatural power of nourishment, making it possible to sustain life" (1983: 351). Zurückgehend auf Chrétien de Troyes (vgl. Kap. 2) wird er in Verbindung gebracht mit dem Fischerkönig und Parzival: „Chrétien (...) tells of Perceval visiting the wounded Fisher King's castle and seeing a procession of young people carrying curious objects. Last is a maiden bearing a jewelled, resplendent graal. (...) When Perceval first sees the procession, he asks no questions. It turns out that he should have asked and that if he had the Fisher King would have been healed" (1988: 351f.).

Damit ist die Beziehung zwischen Parzival, Fischerkönig und Gral bereits grob umrissen: Es geht um die Heilung des verwundeten (oder kranken) Fischerkönigs durch den Gral, die allerdings nur durch den Gralsfinder herbeigeführt werden kann, wenn er die richtige Frage stellt: „Who is served from the Grail?" (1988: 352). Die Folgen des Stellens der richtigen Frage reichen dabei noch über die Heilung des Fischerkönigs hinaus: „(...) the wound will heal and the wasteland will revive" (1988: 352). Parzival (bzw. Perceval) wird im allgemeinen als reichlicher Sonderling dargestellt: Er wächst im Wald bei seiner Mutter auf und kennt die Zivilisation nicht. Auch das Rittertum ist ihm fremd, was seine Mutter mit dem Verstecken ihres Sohnes vor der Welt beabsichtigt (1988: 388). Parzival entwickelt sich allerdings anders, als sie hofft: „(...) he becomes fascinated with knighthood and sets off for Arthur's court to seek it" (1988: 388). Er ist eine Ausgeburt an Naivität, und seine Ausbildung am Hofe Arthurs gestaltet sich dementsprechend schwierig: „Naive, charming, and slightly absurd, he gradually matures (...). The story, up to a point, is the story of his education. (...) [A] blunder that Perceval commits is an attempt to sit in the Perilous Seat at the Round Table, the destined seat of the Grail-achiever. It quickly becomes clear that the place is not for him (...)" (1988: 388). Hier treffen Parzivals Naivität und sein Versagen bei der Gralsfindung aufeinander: „Warned against being too forward in asking questions, he fails to do so when confronted with the Grail mysteries, so that the Fisher King's wound is not healed and the land is doomed to desolation" (1988: 388). Parzival ist demnach nicht derjenige, der den Gral finden soll, obwohl er davon träumt: „After his early disasters he goes on a search for the Grail Castle. In some visions he finds it and asks the question that cures the Fisher King" (1988: 388). Die Rolle des erfolgreichen Gralssuchers kommt dann im *Vulgate Cycle* (vgl. Kap. 2) Lanzelots Sohn Galahad zu (1988: 339).

Man kommt zusammenfassend zu folgender, auf die französischen Romanciers zurückgehendende Darstellung der Gralsgeschichte: Der kranke Fischerkönig kann durch die Kraft des Grals geheilt werden und mit ihm das ebenfalls „kranke" Land, sofern der Ritter, der den Gral aufspürt, beim Erblicken die richtige Frage stellt. Parzival, der Naivling aus den Wäldern, der an Arthurs Hof die Zivilisation kennenlernt und erzogen wird, träumt davon, den Gral zu finden, um sein Land zu retten, und kommt auf seiner Suche sogar so weit, daß er den Gral erblickt. Leider stellt er nicht die notwendige Frage, wodurch seine Suche keinen Erfolg hat. Parzival versagt als Gralsritter, erst Galahad beendet die Suche erfolgreich und bringt sowohl dem Fischerkönig als auch dem Land die Heilung.

Zurückgreifend auf die in Kapitel 1 geschilderte Zusammensetzung des Stoffes aus Motiven läßt sich die klassische Gralsgeschichte folgendermaßen analysieren: Man findet das Motiv des Sonderlings in Parzival; die Suche nach dem Gral beinhaltet neben dem übergeordneten Motiv „Suche" für Parzival auch die „Herausforderung" und gewissermaßen auch die „Prüfung" (im Moment der Gralsfindung, wo er die richtige Frage zu stellen hat) und natürlich das „Versagen" (da er die richtige Frage nicht stellt). Für den Fischerkönig und für das Land kommt das Motiv der „Erlösung" ins Spiel, welche allerdings erst durch Galahad als solche umgesetzt wird.

## 5.2.2. Die Gralsgeschichte bei Malamud

„(...) Bernard Malamud's 1952 *The Natural* recasts elements of the Perceval story in the story of a gifted baseball player" (LACY & ASHE 1988: 209).

Diese Bemerkung impliziert bereits, daß jener „gifted baseball player" in Malamuds Roman die Rolle der Parzivalsfigur übernimmt. Diese Assoziation wird deutlicher, wenn man LACY & ASHEs Ausführungen zu *The Natural* weiterliest: „The hero, Roy, is a naive rural man (Perceval) (...)" (1988: 209). Roy Hobbs, der Protagonist in *The Natural*, besitzt somit die typischen Eigenschafen Parzivals: Er kommt vom Land, hat wenig Ahnung vom Leben in der Gesellschaft und ist dementsprechend naiv. Bereits ziemlich zu Beginn des Romans werden diese Eigenschaften Roys deutlich, und zwar im Dialog mit Harriet Bird: „ ‚What will you hope to accomplish, Roy?‘ (...) ‚Sometimes when I walk down the street I bet people will say there goes Roy Hobbs, the best there ever was in the game‘ (...) ‚Is that all?‘ (...) ‚What more is there?‘“ (S. 33). Alle Antworten, die Roy auf Harriets Fragen gibt, drehen sich um Baseball, was Roys eingeschränkten Horizont, seinen „Scheuklappenblick“ und die daraus resultierende Weltfremdheit verdeutlicht: „You mean the bucks?“ (S. 33); „You mean the fun and satisfaction you get out of playing the best that you know how?“ (S. 34). Wie Parzival, der an den Hof Arthurs kommt, um dort als Ritter Ruhm und Ehre zu erlangen, hat auch Roy Hobbs nur eine Vorstellung im Kopf: Er will ein erfolgreicher Baseball-Spieler werden und so zu Ruhm und Geld kommen. Daß Baseball nicht nur Ruhm und Geld bedeutet, und daß es neben Baseball auch noch andere Dinge im Leben gibt, sieht er nicht. Die Art und Weise, wie er Harriets Fragen beantwortet, wird von LACY & ASHE bezeichnet mit „a perplexity that Perceval would have understood and shared“. „Roy is an accurate and effective reflection of Perceval: his only desire early in his career is for the glory that comes with success“ (1988: 210).

Roy tritt den „Knights“ bei, und der Name der Mannschaft spricht für sich: „(...) a team called the Knights engages in a quest (...)“ (HERSHINOW 1980: 22). Wie Arthurs Ritter sind die „Knights“ auf der Suche. Sie suchen nach dem Erfolg, der ihrem Manager Pop Fisher die Erlösung bringen soll. Damit, wie auch durch die Wahl des Namens, ist die Rolle Fishers klar: Er stellt den Fischerkönig dar, der durch das Gewinnen der Meisterschaft (= das Finden des Grals) geheilt werden soll. Roy Hobbs ist der Hoffnungsträger, der mit den Rittern auf die Suche geht.

Man erkennt an dieser Stelle bereits mehrere der zur klassischen Gralsgeschichte gehörenden Motive, wie den Sonderling (Roy), die Suche und die (angestrebte) Erlösung. Dabei gibt es nur zwei aus dem Gralsstoff genommene Hauptpersonen, nämlich Parzival und den Fischerkönig. Die Parallelität setzt sich in der Handlung fort durch Roys letztliches Versagen als Gralsfinder. Parzival versagt durch seine Naivität: Er stellt die Frage nicht, weil er zu sehr beherzigt, was ihm beigebracht wurde, also wiederum, weil er nicht in der Lage ist, aus seiner Scheuklappenwelt herauszublicken. Durch selbständiges Einschätzen der Situation und der eigenverantwortlichen Entscheidung, was richtig und falsch ist, hätte seine Gralsfindung erfolgreich ablaufen können. Ebenso ergeht es Roy Hobbs: „(...) the team's drive for the pennant is thwarted by Roy's fatal attraction to Memo Paris" (HERSHINOW 1980: 19). Er ist Memo verfallen, und um sie für sich zu gewinnen, tut er alles, was sie von ihm will. Auch hier erkennt man den Scheuklappencharakter. Als Memo die spontane Party für die „Knights" veranstaltet, ist Roy sich zwar der Gefahr bewußt, die damit verbunden ist („(...) he was now worried how Pop would take it if he found out (...) despite his warning against celebrating too soon. He asked Memo if the manager knew what was going on"; S. 183), doch Memos Einfluß ist zu stark, um seine Zweifel aufrechtzuerhalten: „Don't worry about him, Roy. I'd've invited him but he wouldn't fit in (...)" (S. 183). Memo stopft Roy regelrecht mit Essen voll („Let me get you some more, hon"; „It's good for you, silly"; S. 184), und das verursacht Roys Zusammenbruch in der Nacht vor dem Entscheidungsspiel, wodurch zugleich dieses Entscheidungsspiel dramatisiert wird: „He could play, yes, though he'd not feel at his best (...)"; „(...) it would be best for Roy to say goodbye forever to baseball – if he hoped to stay alive" (S. 194). Durch die ärztliche Anordnung, nach dem Entscheidungsspiel dem Baseball Lebewohl zu sagen, wird das letzte Spiel zur einmaligen Chance für ihn, nicht nur den erträumten Ruhm zu erlangen, sondern auch Pop Fisher die Erlösung zu bringen. Wie Parzival in der klassischen Gralsgeschichte hat Roy genau eine Chance, seine Mission erfolgreich zu beenden, und wie Parzival versagt er dabei: Zuerst akzeptiert er Bestechungsgeld, um das Spiel absichtlich zu verlieren, und als er sich dazu durchringt, trotzdem zu gewinnen, zerstört ein Blitz seinen Schläger „Wonderboy" und macht jeden Sieg unmöglich. Damit ist sein Versagen endgültig, Pop Fisher ist nicht erlöst. Ob in späterer Zeit ein Galahad kommen wird, der die Mission zu Ende bringt, bleibt offen.

Malamud verwendet für seine Gralsgeschichte mehr Motive als die des klassischen Stoffes, so z.B. das der Intrige (Memo verführt Roy, um Pop Fisher zu schaden). Nach HERSHINOW geht die arthurische Seite des Romans auch über die reine Gralsgeschichte hinaus, da Malamud seinem Werk einen allgemein mystischen und auch romantischen Charakter zu verleihen gedachte (1980: 21). So wird Gus bezeichnet als „modern-day Merlin the Magician" (1980: 19) und Iris Lemon als „modern-day Lady of the Lake" (1980: 24). Beide arthurischen Figuren haben mit der Gralsgeschichte nichts zu tun. Spannt man diesen Bogen weiter, so kann auch dem Motiv der Intrige ein arthurischer Aspekt abgewonnen werden: Memo als Pop Fishers Nichte würde dann mit Arthurs Neffen Mordred gleichgesetzt werden, der seinem Onkel ebenso schaden wollte wie Memo ihrem.

## 5.3. Die Botschaft in *The Natural*

### 5.3.1. Der Traum vom Erfolg

Wie schon in Abschnitt 5.1. angeführt, ist *The Natural* kein Malamud-typischer Roman, denn wir finden keine jüdischen Protagonisten, deren Leben und Probleme dargestellt werden. Da Malamud aber nach 5.1. im weitesten Sinne eine Vorliebe für „Konflikte einzelner Leute mit sich selbst und ihrem Leben" hat, kann nun die Botschaft in *The Natural* von diesem Ausgangspunkt her erschlossen werden.
Zentrale Figur ist zweifelsohne Roy. Sein Konflikt ist der Wunsch, als Baseball-Spieler Erfolg zu haben, verbunden mit dem Einfluß, den die Frauen, insbesondere Memo, durch seine Leichtgläubigkeit auf ihn haben. Malamud bedient sich dafür des amerikanischen Heldenmythos: „He [Roy] is the perfect embodiment of the American Dream – a hero who depends solely upon his talent and preseverence" (HERSHINOW 1980: 16). Eine zweite Figur in *The Natural*, deren persönlicher Konflikt im Roman zum Ausdruck kommt, ist Pop Fisher, der Manager, der nur den einen Wunsch hat, daß seine Mannschaft die Meisterschaft gewinnt. Auch er träumt vom Erfolg, wie Roy. Der Sport Baseball wird somit zum Symbol für den Erfolg, den so-

wohl Roy als auch Pop Fisher suchen. Mehr noch: „(...) the game of baseball becomes a metaphor for life" (1980: 23).

Malamud kombiniert in seinem Roman die Welt des Baseball mit mythischen Aspekten: „(...) a young hero sets out in search of fame and fortune, encounters and conquers an ageing hero, only to be laid down by a mysterious temptress. It is the stuff of ancient fertility myths (...)" (1980: 22). Malamud verleiht der Handlung von *The Natural* einen fast schon übernatürlichen Charakter durch die Darstellung Roys als junger Held: „(...) wild flights of fantasy raise baseball superstition to the level of myth" (1980: 22). HERSHINOW erwähnt diverse Aspekte, die mit Roys Beitritt bei den „Knights" verbunden sind, und die ihm eine übernatürliche Aura geben, z.B. die Tatsache, daß es nach Roys erstem Treffer zu regnen beginnt (Anlehnung an die Fruchtbarkeitswirkung des Grals), oder daß das von Roys Schläger „Wonderboy" reflektierte Sonnenlicht die Gegner blendet: „The charismatic hero brings to his previously demoralized teammates the regenerative force of a god" (1980: 23).

Roy bekommt damit den Charakter eines Helden, der das Schicksal wendet und den nichts aufhalten kann. Der Erfolg sowohl für ihn als auch für Pop scheint gesichert. Doch dem aufstrebenden jungen Helden stehen die Bösen entgegen: „The powers of evil (the Judge and Gus, representing greed, corruption, death) oppose the forces of good (Pop Fisher, representing idealism, humanity, life)"; „It is the oversimplified, black-and-white world characteristic of medieval romance" (1980: 23). Inmitten des Kampfes zwischen Gut und Böse steht Roy, den beide Seiten für sich zu gewinnen suchen: Pop hofft auf die Meisterschaft mit Roys Hilfe, und Pops Gegner setzen alles daran, Roy als Waffe gegen ihn einzusetzen, zum Schluß sogar mit Bestechungsgeldern. „(...) Roy possesses the supernatural generative power of (...) mythic heroes (...). His efforts can tip the balance. And they do, at least for a while" (1980: 23). Ohne daß Roy sich des Kampfes bewußt ist, der um ihn herum stattfindet, bildet er eine Zeit lang den Ausgleich zwischen Gut und Böse. Doch letztlich siegt die böse Seite: Memos inszeniertes Festmahl und die Bestechung seitens Judge Banner ruinieren das Entscheidungsspiel für Roy und für Pop. Der Erfolg, der anfangs gesichert schien, bleibt für beide aus, er ist also ein Traum geblieben. Auch der vermeintlich unantastbare Held Roy ist verwundbar – nicht von ungefähr kommt HERSHINOWs Vergleich mit Achilles (1980: 23).

Kehrt man zurück zu der Betrachtung, daß Baseball in *The Natural* eine Metapher für das Leben darstellt, so gelangt man zu der Erkenntnis, daß aus diesem zweifach nicht erfüllten Erfolgstraum, aus Roys Versagen, eine Lehre für das Leben zu ziehen ist. HERSHINOW zitiert sie zugleich als Ursache für Roys Versagen: „(...) people must learn through their suffering" (1980: 24). RICHMAN macht darauf aufmerksam, daß Roy Hobbs selbst, leider zu spät, zu dieser Erkenntnis gelangt, indem er auf den Satz hinweist, den Roy kurz vor Ende des Romans denkt (auf S. 236): „(...) I never did learn anything out of my past life, now I have to suffer again" (RICHMAN 1966: 30). In der Erkenntnis erkennt man die Thematik wieder, die sich auch in Malamuds späteren Romanen finden läßt, übermittelt durch jüdische Protagonisten als Symbol für Menschen, die zu leiden und zu kämpfen haben. „Suffering is what brings us toward happiness" sagt Iris Lemon zu Roy (S. 158).

RICHMAN bezeichnet die Botschaft in *The Natural* als pessimistisch: „[It] concludes (...) on a note of total loss" (1966: 40). Sein Verständnis von Malamud liefert dafür eine Begründung: „(...) a ,happy ending' would run counter to Malamud's sense of reality: to his belief that the forces of anti-life are at least as clear and powerful as the elusive humanity which resists them. Ultimately, success in Malamud can only occur when it is incomplete, sealed in irony and in a continuing, hallowing pain. Faced with pessimism of this order, Roy Hobbs can do nothing but fail" (1966: 41).

Diese Betrachtungen führen zu folgender Formulierung einer zentralen Botschaft in *The Natural*: Malamud will den amerikanischen Erfolgsmythos in Frage stellen, indem er einen Helden präsentiert, für den es anfangs völlig unmöglich erscheint, auf dem Weg zum Erfolg zu scheitern, der aber letztlich dennoch versagt.

## 5.3.2. Gescheitertes Geben und Nehmen

Bereits im vorigen Abschnitt wurde gesagt, daß sowohl Roy Hobbs als auch Pop Fisher in *The Natural* vom Erfolg träumen – Roy als Baseball-Spieler, und Pop als Manager einer Baseball-Mannschaft. Damit stehen Roy und Pop in einem bestimmten Bezug zueinander – ihre möglichen persönlichen Erfolge sind unmittelbar voneinander abhängig. Roy bekommt durch seinen Beitritt bei den „Knights" seine Chance, den von ihm ersehnten Erfolg als Spieler zu erreichen, gleichzeitig wird die Mannschaft um ein großes Talent bereichert, das durch seine Fähigkeiten den bislang ausgebliebenen Meisterschaftserfolg bringen kann. Man hat es hier also mit einem Fall von Geben und Nehmen zu tun: Pop *gibt* Roy die Möglichkeit zu spielen, dafür *gibt* Roy der Mannschaft und damit Pop sein Talent. Beide *nehmen* dafür den persönlichen Erfolg – das ist zumindest die Theorie hinter der Interaktion zwischen Pop und Roy.

KOLBE kommt es allerdings nicht so sehr auf diesen groben Rahmen des Gebens und Nehmens an, sondern vielmehr auf die Vielzahl kleinerer Interaktionen, die zusammengenommen ein Gesamtbild ergeben: „(...) in *The Natural* [wird] die Vermittlung alternativer Formen des Gebens und Nehmens an einem jugendlichen Helden dargestellt"; dieser jugendliche Held zieht nach Vorbild europäischer Darstellungen „vom Land in die Stadt" (wie eben auch Parzival) (1991: 158).

KOLBE untersucht ausführlich die auftretenden Fälle von Geben und Nehmen auf ihren Charakter und ihre Auswirkungen auf Roys Entwicklung hin und kommt zu dem Ergebnis, daß zunächst das erfolgreiche Geben und Nehmen, von ihr auch „altruistisches Verhalten" genannt (1991: 159), deutlich im Hintergrund steht, weil es nur „sehr spärlich" auftritt (1991: 159). Als Beispiel erwähnt sie den immer hilfsbereiten Eddie (S. 12 im Roman). In *The Natural* erlebt man ihren Ausführungen zufolge ausschließlich zweckgerichtetes Geben und Nehmen ohne mitmenschliche Motivation (1991: 159), und von hier spannt KOLBE den Bogen über Hinterhältigkeit und Korruption zu unterlassenem Geben und Nehmen (1991: 163ff.), richtet also ihr Augenmerk ganz auf die negative Seite des zwischenmenschlichen Vorgangs „Geben und Nehmen". Bereits in der Auseinandersetzung mit dem erfolgreichen Geben und Nehmen gibt sie Beispiele für lediglich vermeintlich erfolgreiches, also nicht altruistisches Geben und Nehmen, so etwa die geheuchelte Freundschaft und Hilfsbereitschaft seitens Gus im Restaurant (S. 106f. im Roman), oder auch das Abgeben und Annehmen des Balles beim Baseball im Interesse einer siegbringenden Spielführung (z.B. S. 26). Als Beispiel für hinterhältiges Geben und Nehmen führt KOLBE als Paradebeispiel das Fest vor dem Entscheidungsspiel an, auf dem Roy von Memo bewußt gemästet wird, damit er spielunfähig wird (S. 181ff.); in Anlehnung an den arthurischen Charakter des Romans heißt es in diesem Zusammenhang, Roy sei „zu schwach, um das Fasten des Gralsritters vor seiner Prüfung einzuhalten" (KOLBE 1991: 165f.). Dies nutzt Memo hinterhältig für ihre Zwecke aus.

Auch die Bestechung Roys kann zum hinterhältigen Geben und Nehmen gezählt werden: Die Intriganten bieten Roy neben Geld auch die Zuneigung Memos an (S. 208) für eine Gegenleistung, die ihnen dienlich ist, und die der Mannschaft und Pop schadet.

KOLBEs Augenmerk richtet sich auf den Einfluß, den diese um ihn herum stattfindenden Interaktionen auf Roy haben. Tatsache ist, daß Roy sich verändert: Wie der unschuldig-naive Parzival an Arthurs Hof kommt Roy nach Chicago, und die Bezeichnung „natural" im Romantitel charakterisiert ihn nicht nur im Hinblick auf seine natürliche Begabung für Baseball, sondern auch auf seine „natürliche" Lebenseinstellung: „Als unerfahrener ‚natural' vom Lande ist für Roy Hobbs das Geben ein natürliches Handeln" (1991: 171). Seine Gebebereitschaft stößt auf Ablehnung, seine Naivität macht ihn zu einem leichten Spielball für die Intriganten (1991: 172). Seine Konfrontation mit den oben geschilderten Falschheiten und Niederträchtigkeiten um ihn herum beeinflussen ihn zum Negativen: „Roys Denken wird mehr und mehr vom Geschäftsdenken erfüllt", es kommt zur „Abkehr von dem Zustand des unerfahrenen ‚natural' " (1991: 173). Er weist die warmherzig gebende Iris Lemon zurück und geht auf die Bestechung seitens der Intriganten ein: „So wird deutlich, wie sehr das Leben Roy Hobbs' sich aus der Summe der ihn umgebenden guten und schlechten Einflüsse bestimmen läßt" (1991: 175).

Für KOLBE steht der negative Einfluß des hinterhältigen und unterlassenen Gebens und Nehmens um Roy im Vordergrund, auf das zu Beginn dieses Abschnittes formulierte gescheiterte Geben und Nehmen zwischen Roy und Pop geht sie gar nicht erst ein. Man gewinnt den Eindruck, es sei ihr zu offensichtlich und ihrer Gedankenführung nicht dienlich. Es sollte jedoch an dieser Stelle nicht unerwähnt bleiben, daß das Scheitern dieses übergeordneten Gebens und Nehmens, an dem quasi die gesamte Handlung von *The Natural* aufgehängt ist, aus der Veränderung Roys resultiert und damit eine Folge der von KOLBE analysierten Fälle von niederträchtigem und unterlassenem Geben und Nehmen ist. Als der begnadete Naivling hätte Roy – in der Theorie – Pops Erwartungen erfüllen und damit auch für sich selbst den ersehnten Erfolg verbuchen können. Die Realität sieht anders aus: Der Held scheitert an den negativen Einflüssen von außen, das gut geplante Geben und Nehmen zwischen Roy und Pop ist damit ebenfalls zum Scheitern verurteilt.

Diese Betrachtungen lassen sich hervorragend verwenden, um die am Ende des vorigen Abschnitts formulierte zentrale Botschaft in *The Natural* etwas detaillierter zu fassen: Dem Mythos vom Erfolg steht entgegen, daß es zu viele äußere Einflüsse negativer Art gibt, um den Erfolg auf die im Mythos verankerte Weise zu erreichen. Der direkte Weg von der untersten zur obersten Stufe ist gespickt mit Hindernissen, die nicht eingeplant werden können, da sie von außen über einen hereinbrechen; der Erfolg hängt nicht allein von der eigenen Überzeugung und vom eigenen Willen ab, sondern immer auch vom Willen und Unwillen anderer, mit denen man es zu tun bekommt. Der *self-made man*, der es ganz allein schafft, existiert in Malamuds Verständnis nicht, oder ist zumindest ein seltenes Phänomen, das nicht als Regelfall betrachtet werden darf.

# 6. <u>Schluß</u>

## 6.1. Ergebnisse

### 6.1.1. Zu Twain

Die Ausführungen in Kapitel 3 haben gezeigt, daß *A Connecticut Yankee at King Arthur's Court* einen für Mark Twain sehr typischen Roman darstellt, indem nämlich die „doppelte Kritik" auftritt, die sich auch in anderen von Twains Werken mehr oder weniger deutlich feststellen läßt. Zum einen will Hank Morgan die feudalistische und aristokratische Welt, die er im 6. Jahrhundert vorfindet, verändern, wodurch eben diese Welt ins Feuer der Kritik gerät. Zum anderen aber mißlingen Morgans Reformen, was vor einer gewissen Unvorsichtigkeit beim Durchführen einer Revolution, welcher Art sie auch sein mag, warnt.

Als „das Arthurische" an Twains Roman wurden ferner in erster Linie die Szenerie und in zweiter Linie einige Hintergrundhandlungen identifiziert. Um der in der Einleitung formulierten Fragestellung gerecht zu werden, sollte man sich nun überlegen, ob das von Twain gewählte „Setting" im (historisch noch nicht einmal korrekt wiedergegebenen) England König Arthurs einen Beitrag dazu leistet, die Botschaft des Romans zu übermitteln.

Prinzipiell muß diese Frage erst einmal mit „ja" beantwortet werden. Es ist offensichtlich, daß Twain die Geschichte Hank Morgans in einer erz-aristokratischen Szenerie ansiedeln mußte, um sie den von ihm vorgesehenen Gang gehen zu lassen und den weiter oben angeführten Effekt der „doppelten Kritik" an System und Revolution zu erzielen. Mit diesem „ja" sind allerdings nun eine Reihe weiterer Fragen verbunden, die geklärt werden müssen, um der Fragestellung dieser Arbeit in bezug auf Twains Roman vollends gerecht zu werden.

Zunächst wird man sich fragen, warum das „Setting" im Mittelalter angesiedelt ist. Schließlich konnte Twain in seiner Zeit auf verschiedene neuzeitliche Aristokratien zurückblicken, die, nüchtern betrachtet, ebenso geeignet für seine Handlung gewesen wären, wie z.B. das absolutistische Frankreich des 17. Jahrhunderts oder der Süden der USA vor dem Bürgerkrieg. Aus dieser Frage resultiert gleich eine zweite, nämlich nach dem Grund für die Wahl König Arthurs als Monarch für die mittelalterliche Szenerie. Wie schon ausgeführt, entfernt sich Twain damit von der historischen Korrektheit seines „Settings", und man fragt sich, ob die Wahl eines anderen, tatsächlich im Hochmittelalter angesiedelten Monarchen nicht sinnvoller gewesen wäre (sofern man Twain nicht historische Ungebildetheit unterstellen will, wovon hier Abstand genommen werden soll).

Was die Wahl des Mittelalters angeht, so ist es wichtig, im Auge zu behalten, daß Twain doppelt Kritik üben will. Um zusätzlich zu den Mißständen in dem von ihm gewählten System auch noch die Schwierigkeiten aufzuzeigen, die eine Revolution mit sich bringt, wäre es nicht sinnvoll, die Handlung in einer Umgebung anzusiedeln, in der das System über kurz oder lang erfolgreich umgeworfen wird (wie dies im absolutistischen Frankreich oder im Süden der USA der Fall sein würde). Zu mittelalterlichen Zeiten war der Feudalismus und die daraus resultierende Diskrepanz zwischen den Klassen derart allgegenwärtig, daß mit einer Revolution auf lange Sicht nicht zu rechnen war (und die Geschichte lehrt uns, daß erst in der Neuzeit diverse Revolutionen zum schrittweisen Umsturz der Monarchien in Europa führen sollten). Zu keiner Zeit war eine Revolution so undenkbar wie im Mittelalter. Da nun allerdings die USA nicht auf ein „eigenes" Mittelalter zurückblicken können, ist es zwangsweise erforderlich, zur Präsentation eines mittelalterlich-feudalistischen Systems auf Europa zurückzugreifen (wo ja gewissermaßen auch die Vergangenheit der USA zu suchen ist, da die „Neue Welt" von der alten aus besiedelt wurde). Damit wäre die in der Einleitung gestellte Frage, warum gerade ein europäischer Legendenstoff als Grundlage dient, zumindest zu dem Teil beantwortet, der das „europäisch" ausmacht. Es bleibt die Frage, warum gerade Arthur gewählt wurde. Ein Auftauchen Hank Morgans am Hofe eines Königs, der tatsächlich im Hochmittelalter gelebt hat, hätte zumindest keine historischen Ungereimtheiten ins „Setting" gebracht. Offensichtlich aber muß Arthur von einer besonderen Wichtigkeit gewesen sein, so daß Twain sich für ihn entschieden hat.

In Kapitel 2 wurde ausgeführt, daß das 19. Jahrhundert nach einer längeren Dunkelzeit in der arthurischen Literatur die „Wiederauferstehung" König Arthurs sah, im wesentlichen bewirkt durch Tennyson und seine *Idylls*. Arthur war zu Twains Zeit also gerade wieder „in", präsent in den Köpfen der belesenen Bevölkerung. Unterstellt man Twain nun, daß er diese neue Popularität Arthurs ausnutzen wollte, so macht es durchaus Sinn, daß gerade der arthurische Legendenstoff von ihm als Grundlage benutzt wurde. Weiterhin wäre es typisch für Twain, wenn er noch eine weitere Intention gehabt hätte: Tennyson hatte mit seinen *Idylls* das Ziel verfolgt, Arthurs Ruf als ruhmreicher König wiederherzustellen, nachdem dieser während der literarischen „Dark Ages" weitestgehend untergegangen war. Es würde nun zu Twain passen, wenn er mit seinem *Connecticut Yankee* einen Gegenpol schaffen wollte, um Arthurs „Image" etwas zu ernüchtern und die Augen der Leser darüber zu öffnen, daß auch Arthur, trotz aller Faszination, die mit seinem Legendenstoff verbunden ist, nichts weiter war als ein Herrscher in einer Zeit, in der das einfache Volk in der Regel unter seinen Beherrschern zu leiden hatte. Dafür spricht auch die in Kapitel 3 aufgezeigte Abkehr Twains von der archetypischen Betrachtungsweise des Königs und seiner unmittelbaren Gefolgsleute, sowie die Unwichtigkeit, die den klassischen arthurischen Motiven wie „Suche", „heimliche Liebe" oder „Intrige" zukommt, indem Twain die im arthurischen Legendenstoff fest verankerten Vorgänge wie die Gralssuche oder Mordreds Vorgehen gegen Arthur nur am Rande erwähnt und alles im Hintergrund beläßt.

Twains *Connecticut Yankee* ist im wesentlichen eine Satire. Durch die hier entwickelten Hintergründe für die Verwendung des arthurischen Stoffes ist dem Roman aber zweifelsohne auch ein allegorischer Aspekt abzugewinnen: Twain präsentiert Arthurs Welt im hochmittelalterlichen Gewand als Beispiel für eine Welt voller Mißstände. Die Menschen der Neuzeit sollen durch diese Präsentation der Vergangenheit zum Nachdenken über ihre eigene Epoche angeregt werden und den Kampf für Freiheit und Demokratie niemals aufgeben.

6.1.2. Zu Steinbeck

*Tortilla Flat* ist in Kapitel 4 als Allegorie identifiziert worden, in der die Paisanos um Danny und die Ritter um Arthur als Menschen gleichgestellt werden, und zwar durch Herabsetzung der Ritter und nicht etwa durch Heraufsetzung der Paisanos. Es wurde gesagt, daß Steinbeck sein in den meisten seiner Romane wiedererkennbares Konzept vom Menschen anwendet, um diese Allegorie herzustellen. Wie aber kommt an dieser Stelle das Arthurische ins Spiel?

Es ist recht offensichtlich, daß es in der Übermittlung des Menschenkonzepts, welches als „oberflächliche Botschaft" in *Tortilla Flat* bezeichnet wurde, keine Funktion hat. Die Paisanos von Monterey würden ihren Gruppencharakter auch ohne ihre symbolische Anordnung als „Ritter der Tafelrunde" bekommen, und Danny würde vor demselben Konflikt zwischen seiner Gruppenzugehörigkeit und der naserümpfenden Gesellschaft stehen, auch ohne in dieser Tafelrunde die Rolle des König Arthur innezuhaben. Die arthurischen Elemente in *Tortilla Flat* treten vielmehr in Aktion, wenn es zur Übermittlung der „tieferliegenden Botschaft" kommt, die in der Allegorie zu suchen ist. Denn nur durch die Parallelität kommt diese Allegorie überhaupt zustande. Wie schon in Kapitel 4 gesagt wurde, benutzt Steinbeck in *Tortilla Flat* sein Menschenkonzept, um den Menschen zu bewerten. Dabei bewertet er zugleich das Arthurische, denn der Leser des Romans wird dahingehend sensibilisiert, daß die Ritter aus der Legende in erster Linie als Menschen betrachtet werden müssen. Es darf dabei nicht aus den Augen verloren werden, daß Steinbeck ein ernsthafter Bewunderer Malorys und des romantischen Legendenstils war und sich damit beispielsweise deutlich von Twain unterschied. Steinbeck zielt durchaus darauf ab, die Leser von *Tortilla Flat* über König Arthur und die Ritter der Tafelrunde zum Nachdenken zu bringen, er tut dies aber auf eine Weise, die dem klassischen Stoff und zugleich Thomas Malory Respekt zollt. Damit ist zugleich die Frage, warum ein aus Europa stammender mittelalterlicher Legendenstoff in Steinbecks Roman zutage tritt, größtenteils beantwortet: Aus diesem Umstand spricht Steinbecks persönliche Verbundenheit mit eben diesem Stoff, die sich ja später auch noch in einem (nicht vollendeten) direkten Arthur-Roman äußern sollte. Weiterhin ist nicht von der Hand zu weisen, daß durch die Wahl eines derart „alten" Stoffes zur Erzeugung der Allegorie neben der weltlichen Distanz zwischen Rittern und Paisanos auch die zeitliche Distanz zwischen dem Menschen des Mittelalters und dem der Neuzeit überbrückt wird: Auch hier wird auf die Gleichheit zwischen beiden hingewiesen; Menschen sind Menschen, ungeachtet der Epoche, in der sie leben, oder der Gesellschaftsklasse, zu der sie gehören, und sie unterstehen alle denselben Konflikten mit sich selbst, der Gruppenzugehörigkeit und der Gesellschaft.


6.1.3. Zu Malamud


Daß *The Natural* einen stark mythisch orientierten Roman darstellt, wurde in Kapitel 5 bereits angedeutet. Dabei kam ebenfalls schon zur Sprache, daß das Arthurische nicht der einzige mythische Aspekt des Romans ist: Roy Hobbs ist nicht nur als Parallele zu Parzival zu verstehen, sondern auch als moderner Achilles (HERSHINOW 1980: 23). Insgesamt erscheint *The Natural* fast als eine Art „Rundumschlag" durch die Mythologie: Harriet und Memo werden von HERSHINOW als „Sirenen" bezeichnet (1980: 23), KOLBE vergleicht Memo mit Circe (1991: 166) und nimmt ihren Nachnamen „Paris" als Anspielung auf den gleichnamigen Helden aus dem Trojanischen Krieg, der durch die Entführung Helenas die Katastrophe heraufbeschwor (1991: 169). Ebenso bekommt der Vorname Iris Lemons eine tiefergehende Bedeutung durch die Namensgleichheit mit der jüdischen Göttin des Regenbogens (jüdisches Symbol für Leben) (1991: 160f.), womit tatsächlich auch in *The Natural* die für Malamud typische Thematik des Judentums kurzzeitig anklingt.
Der mythologische „Rundumschlag" setzt sich dadurch fort, daß der moderne Mythos des Baseball-Sports aufgegriffen wird durch Anspielungen auf real stattgefundene Ereignisse um Baseball-Spieler aus der Wirklichkeit; HERSHINOW erwähnt unter

anderem Eddie Waitkus, der von einer geistesgestörten Frau in einem Hotelzimmer niedergeschossen wurde (wie Roy), oder Pete Reiser, der unglücklich gegen die Spielfeldabgrenzung prallte und starb (wie Bump Bailey) (1980: 16f.).

Die Übermittlung der Botschaften in *The Natural* kommt zustande durch das Zusammenspiel sämtlicher mythischer Aspekte aus Antike, Mittelalter und Neuzeit. Das Arthurische ist demnach nur ein Hilfsmittel von vielen und sticht zwischen den anderen nicht notwendigerweise heraus. *The Natural* als reine Gralsgeschichte zu bezeichnen, wäre übertrieben und schlichtweg verkehrt; die Vergleiche Roys mit Achilles und Paris und das Motiv des einer Frau verfallenen Helden, der einen Krieg auslöst, machen den Roman ebenso zu einer modernen Umsetzung der *Ilias* wie zu einer Gralsgeschichte. Die in der Einleitung gestellte Frage nach dem „warum" hinter der Verwendung des arthurischen Stoffes muß hier also differenziert werden. Man muß sich zunächst fragen: „Warum hat Malamud seinem Roman derart viel Mythologie zugrundegelegt?", und dann muß die Frage folgen: „Warum ist auch der Mythos des Grals darunter?". Die Frage nach der Wahl europäischen Stoffes erübrigt sich hier, denn die „Neue Welt" Amerika hat natürlich keine mittelalterlichen und antiken Mythen vorzuweisen, auf die es Malamud aber offensichtlich ankommt.

KOLBE stellt eine These darüber auf, was Malamud mit der Verwendung der Mythen bezweckt haben könnte: „Auf zweifache Weise gelingt es ihm, das Scheitern seines Protagonisten in den Vordergrund zu stellen. Diesen Zweck erfüllt sowohl der Kontrast zu den erfolgreichen mythischen Vorlagen, als auch die Parallele zu den ebenfalls gescheiterten historischen Baseballhelden Amerikas (...), die auf diese Weise geradezu symbolische Bedeutung annehmen" (1991: 177). Diese These ist leider etwas fragwürdig, wenn man sich den Ausdruck „erfolgreiche mythische Vorlagen" betrachtet – Parzival in der Gralsgeschichte ist definitiv nicht erfolgreich, da er bei der Gralsfindung versagt; Achilles ist nicht zuletzt aufgrund seiner „Ferse" ein Begriff, aufgrund seines wunden Punktes also, der als das geflügelte Wort „Achillesferse" darauf anspielt, daß jeder unbesiegbar scheinende Held irgendwo verwundbar ist; auch Paris kann nicht unbedingt als erfolgreicher Held bezeichnet werden, da er den Trojanischen Krieg auslöst. In Verbindung mit den „gescheiterten Helden" des Baseball läßt sich an dieser Stelle viel eher sagen, daß diese ihren mittelalterlichen und antiken Vorbildern um nichts nachstehen – in allen Epochen der Menschheitsgeschichte gab es vermeintliche Helden, die letztlich versagten. Parzival gehört mit in diesen Kreis hinein, so daß er in *The Natural* gut untergebracht ist, um gemeinsam mit den fragwürdigen Helden der Antike und gescheiterten Helden der Neuzeit darauf aufmerksam zu machen, daß Roy Hobbs regelrecht eine Ausnahme wäre, wenn er den Erfolgstraum sowohl von ihm als auch von Pop Fisher entgegen der widrigen Einflüsse der Realität verwirklichen würde.

Damit wird der amerikanische Erfolgsmythos unmittelbar verglichen mit diversen anderen Mythen aus Antike, Mittelalter und Neuzeit, und es wird darauf aufmerksam gemacht, daß *jeder* Mythos auch gescheiterte Helden sieht. Dies ist gewissermaßen eine Warnung davor, dem Mythos vom Erfolg zu blind zu vertrauen – man sollte den Weg zum Erfolg mit Vorsicht und Sinn für die Realität angehen und dabei im Auge behalten, daß man ebenso scheitern wie gewinnen kann, wie so viele vermeintliche Helden vor einem selbst ebenfalls gescheitert sind.

Zu dieser Feststellung trägt die Gralsgeschichte in *The Natural* als einer von diversen Mythen ihren kleinen, aber nicht zu verachtenden Teil bei.

## 6.2. Schlußfolgerungen

In diesen Untersuchungen haben wir es mit drei völlig unterschiedlichen Romanen zu tun, denen – abgesehen von der Tatsache, daß sie von Amerikanern verfaßt wurden – nur eines gemeinsam ist, nämlich daß sie „arthurisch" sind, weil ihnen gemäß der Vereinbarung in Kap. 1 arthurischer Stoff zugrundeliegt. Arthurisch sind diese Romane allerdings auch wieder auf drei völlig verschiedene Weisen. Mark Twain hat für seine sowohl die Aristokratie als auch die Revolution kritisierende Satire die Szenerie arthurisch gestaltet und zusätzlich einige der klassischen Vorgänge als Hintergrundhandlung ablaufen lassen; John Steinbecks Allegorie stellt Menschen der Neuzeit in arthurischen Rollen dar und bewertet damit den Menschen an sich, ungeachtet der Epoche und der gesellschaftlichen Stellung; Bernard Malamud schließlich präsentiert dem Leser einen Vergleich zwischen einem jungen neuzeitlichen Helden mit diversen mythischen aus allen Epochen der Menschheitsgeschichte, darunter auch einem arthurischen, und problematisiert und kritisiert so den amerikanischen Erfolgsmythos. Twain und Malamud benutzen dabei die topischen Aspekte des arthurischen Stoffes zur Übermittlung ihrer Botschaft: Twain zieht die archetypischen Eigenschaften arthurischer Charaktere und verletzt sie ganz bewußt, Malamud verwendet den mythischen Charakter des arthurischen Stoffes oder zumindest eines Teils davon (und in Kapitel 1 wurde auch der Mythos als topisches Phänomen gerechtfertigt).

Die Beweggründe der drei Schriftsteller könnten kaum unterschiedlicher sein: Mark Twain verwendete das mittelalterlich-romantische Szenario, weil es ihm verhaßt und damit für den Zweck der Kritik an der Aristokratie bestens geeignet war; John Steinbeck hingegen zog den Stoff heran, weil er ihm persönlich sehr viel bedeutete und er durch die Verwendung in seinem Roman elegant das Entgegenbringen von Respekt und den Einsatz zur Übermittlung seiner Botschaft verbinden konnte; Bernard Malamud hat sich der Mythologie allgemein bedient, um einen modernen Mythos zu bewerten, und kam gewissermaßen am Gralsstoff „nicht vorbei".

Man erkennt deutlich, daß sich die Frage „Warum benutzt ein amerikanischer Schriftsteller den arthurischen Stoff?" zwar für jeden Schriftsteller einzeln durchaus beantworten läßt, wie dies in den vorangegangenen Untersuchungen geschehen ist, aber keinesfalls für alle Schriftsteller pauschal, da die Intentionen hinter den Romanen zu unterschiedlich sind. Außer Zweifel steht jedoch, daß der Stoff auf amerikanische Schriftsteller einen gewissen Reiz ausübt – Legenden, Romanzen und Mythologie aus alten Tagen, in denen Amerika für den weißen Menschen noch nicht existierte, werden ganz offensichtlich gern herangezogen, um ihren Beitrag zur Übermittlung einer Botschaft in einem tiefsinnig angelegten Roman zu leisten. Selbst für einen strikten Gegner von alte Zeiten verherrlichenden Legenden und Romanzen wie Mark Twain übte das Arthurische zweifelsohne einen Reiz aus, auch wenn dieser nur darauf hinauslief, den mittelalterlichen Stoff zu verreißen und auf satirische Weise gegen sich selbst zu richten.

Letztlich kann es für die Verwendung solchen Stoffes nur einen Beweggrund geben, der sich bei genauem Hinsehen auch in den Intentionen aller drei Autoren wiederfinden läßt: Der Vergleich zwischen der Neuzeit und vergangenen Zeiten. Sowohl Twain als auch Steinbeck und Malamud stellen, wenn auch auf sehr verschiedene Weise, das Mittelalter der Gegenwart gegenüber, und alle drei mit dem Ziel, *Gemeinsamkeiten* aufzuzeigen, die den Leser nachdenklich machen sollen. Twain prangert das System an, unter dem die Menschen im Mittelalter leben mußten und weist darauf hin, daß ein solches System auch in seiner Zeit noch lange nicht der Vergangenheit angehört und auf wohldurchdachte Weise revolutionär angegangen werden muß, damit es eines Tages überwunden ist. Für Steinbeck ist der Mensch auf einer Ebene interessant, die Klassenunterschiede hinter sich läßt; für ihn waren die Menschen immer dieselben und untereinander gleich, augenscheinliche Unterschiede liegen in der Gesellschaft und nicht im Menschen selbst. Malamud schließlich geht kritisch mit dem Heldenbegriff um und verdeutlicht, daß es weder in alter noch in neuer Zeit perfekte Helden geben kann, weil alle vermeintlichen Helden verwundbar sind und die Gesellschaft die wunden Punkte findet und ausnutzt, wodurch der Weg zum Erfolg grundsätzlich steinig ist und nicht immer das angestrebte Ziel erreicht.

Für derartige Vergleiche, die bewußt weit auseinanderliegende Epochen der Menschheitsgeschichte so direkt gegenüberstellen, bietet die Geschichte des weißen Amerikas verständlicherweise kein Potential, da diese erst in der Neuzeit begann. Für geeignete Mythen und Legenden muß die alte Welt Europa herhalten, und die dort zu findenden Stoffe sind, wie die Untersuchungen am Beispiel „König Arthur" gezeigt haben, auf die unterschiedlichsten zweckerfüllenden Weisen einsetzbar.

7. <u>Anhang</u>

<u>Bibliographie</u>

**Monographien:**

- AYCK, T. (1974): *Mark Twain.* Reinbek: Rowohlt

- BAEUMER, M.L. (1973): *Toposforschung.*
    Darmstadt: Wissenschaftliche Buchgesellschaft

- BELLOC, H. (1925): *A History of England, Vol. I.* London: Methuen

- BERGONZI, B. (1995): *David Lodge.* Plymouth: Northcote

- BROICH, U. & PFISTER, M. (1985): *Intertextualität.*
    Tübingen: Niemeyer

- BURGESS, A. (1966): *James Joyce: A Shorter Finnegans Wake.*
    London: Faber

- CONN. P. (1989): *Literature in America.* Cambridge: University Press

- COTTERELL, A. (1990): *Die Welt der Mythen und Legenden.*
    München: Knaur

- DAEMMRICH, H.S. & I.G. (1995):
    *Themen und Motive in der Literatur.* Tübingen / Basel: Franke

- ECKER, H.P. (1993): *Die Legende.* Stuttgart / Weimar: Metzler

- FERRELL, K. (1986): *John Steinbeck – The Voice of the Land.*
  New York: Evans

- FRENZEL, E. (1976a): *Motive der Weltliteratur.* Stuttgart: Kröner

- FRENZEL, E. (1976b): *Stoffe der Weltliteratur.* Stuttgart: Kröner

- FRENZEL, E. (1980): *Vom Inhalt der Literatur.* Freiburg: Herder

- HERSHINOW, S.J. (1980): *Bernard Malamud.* New York: Ungar

- HEUERMANN, H. (1988): *Mythos – Literatur – Gesellschaft.*
  München: Fink

- JAIN, S.G. (1972): *John Steinbeck's Concept of Man.*
  Michigan: University Microfilms

- JUNG, C.G. (1954): *Von den Wurzeln des Bewußtseins –
  Studien über den Archetypus.* Zürich: Rascher

- KELLMAN, M. (1988): *T.H. White and the Matter of Britain.*
  Lampeter: Mellen

- KOLBE, A (1991): *Geben und Nehmen im Erzählwerk Bernard
  Malamuds.* Mainz: Universitätsdruck

- LACY, N.J. & ASHE, G. (1988): *The Arthurian Handbook.*
  New York / London: Garland

- MAUROIS, A. (1937): *Die Geschichte Englands.*
    Wien / Leipzig: Bastei


- MILLER, R.K. (1983): *Mark Twain.* New York: Ungar


- RANKE, F. (1925): *Tristan und Isold.* München: Bruckmann


- RICHMAN, S. (1966): *Bernard Malamud.* Boston: Twayne


- RIGHTER, W. (1975): *Myth and Literature.*
    London: Routledge & Kegan


- STENTON, Sir F. (1971): *Anglo-Saxon England.*
    Oxford: University Press


- STOCKER, P. (1998): *Theorie der intertextuellen Lektüre.*
    Paderborn: Schöningh


- TAYLOR, H.P. (1961): *The Biological Naturalism of John Steinbeck.*
    Michigan: University Microfilms


- TOLSTOY, N. (1987): *Auf der Suche nach Merlin.*
    München: Diederichs


- TURNER, P. (1976): *Tennyson.*
    London / Henley / Boston: Routledge & Kegan

**Nachschlagewerke:**

- *Bertelsmann Wörterbuch Englisch-Deutsch / Deutsch-Englisch.*
    Gütersloh: Bertelsmann (1959)


- *Der Neue Brockhaus.* Wiesbaden: Brockhaus (1973)
- *Longman Dictionary of English Language and Culture.*
    Harlow: Longman (1992)


- *Penguin Dictionary of Literary Terms and Literary Theory.*
    London: Penguin (1992)

*„But now I saw what I did not see before. Inscribed on the cross was a name: ARTORIVS REX QVONDAM REXQVE FVTVRVS.*

*Arthur, king once and king to be...“*

---

*„My black book is ended. I, Gildas, write this, and I will write no more.“*

(STEPHEN LAWHEAD: *Arthur*)